00:02:33

Du hörst die Kugel, die dich tötet, nicht kommen. Mit über 370 Metern pro Sekunde frisst sie sich durch deine Hirnhaut, zerfetzt periphere Nervenstränge und reißt dir den Sehkanal aus dem Schädel. Der Tod ist schneller als der Schall. Und als die Schmerzen.

Ich will aber, dass Yannick leidet. Deshalb ziele ich mehrere Sekunden lang auf seinen Kopf – drücke jedoch nicht ab. Er soll wissen, dass er gleich stirbt. Nicht etwa, dass er damit rechnet, davonzukommen. Die Leiche, die schon zu meinen Füßen liegt, spricht eine klare Sprache. Ich lasse den oberflächenveredelten 4,5-Zoll-Lauf der Glock von Yannicks linkem zu seinem rechten Auge wandern. Ganz langsam. Welches soll ich zuerst ausschießen?

+forward

Yannick pisst sich an. Urin läuft aus dem Hosenbein seiner Baggy Jeans. Zu Yannicks Füßen bildet sich eine Pfütze. Auf dem PVC-Boden unseres Klassenzimmers, ein dunkles Grau mit hellen Streifen, sieht sie überraschend farblos aus.

Du warst nie farblos, Yannick. Das ist seit jeher *meine* Rolle. Aber heute wird das Drehbuch neu geschrieben, du Pisser!

Ich betätige den Abzug der Glock. Damit löse ich ein komplexes, präzise aufeinander abgestimmtes Zusammenspiel physikalischer Kräfte aus. Im Griffstück schiebt sich eine Platte aus Metall nach hinten und zieht die Verlängerung des Schlagbolzens zurück. Dann schnellt sie vor und zündet, von der Schlagbolzenfeder rapide beschleunigt, die Patrone.

Yannicks Schienbein explodiert.

Für einen Moment steht Yannick noch da, dann kippt er zur Seite. Direkt in seine Pisse. Blut rinnt die Wand herunter.

Wie heißt es doch gleich? Über irgendein Talent verfügt jeder. Das hier ist meines. Aus dem Einschussloch sprudelt Blut. Die blaue Baggy färbt sich rot. Sitzen im Schienbein lebenswichtige Arterien? Ich hoffe nicht. Es wäre blöd, wenn Yannick mir innerhalb von Sekunden verbluten würde. Das gönne ich ihm nicht.

Yannick robbt rückwärts. Meter für Meter. Dabei hinterlässt er eine Spur aus Blut und Pisse. Der will wohl hinter die Tische, Deckung suchen!

+forward

Kriechend kommt er nur langsam voran. Deshalb habe ich ihn schnell eingeholt. Ich beuge mich über ihn. Seine Augen sind aufgerissen. Ich suche in ihnen nach einem Zeichen des Begreifens. Doch da ist nichts.

Am liebsten würde ich ihm eine Kugel durch die Bauchdecke jagen und zusehen, wie er verreckt. Leider läuft mir die Zeit davon. Die Schule ist groß, genau wie mein Vorhaben. Immerhin: Raus kann niemand. Dafür habe ich gesorgt.

Ich bin nach der großen Pause gekommen, als der Unterricht schon begonnen hatte. Stille. Überall. Nur meine Schritte hallten durch die Flure. Der satte Klang taktischer Einsatzstiefel – genarbtes Vollrindleder, rutschfeste Sohle, guter Fersenhalt.

Ich habe Vorhängeschlösser um die Griffe der Ausgangstüren geschlungen. Die Klassenräume sind oben, im zweiten und dritten Stock. Unwahrscheinlich, dass jemand den Sprung in den Hof wagen würde. Niemand kommt hier raus. Niemand!

+forward

Yannick liegt auf dem Rücken, das unverletzte Bein angewinkelt. Abwehrend streckt er den Fuß aus. Will er so die Kugeln aufhalten? Eine peinliche Aktion. Ich schieße nach seinem Fuß, verreiße aber. Na ja, jedenfalls fast: Das Projektil trennt die Spitze des rechten Turnschuhs ab. Ein Schrei gellt durch den Raum. Vielleicht weil ein paar Zehen dabei waren. Dann verstummt er. Yannick presst die Lippen zusammen. Das allerdings war nie anders gewesen. Jedenfalls mir gegenüber.

Einmal hast du dann doch mit mir geredet, Yannick. Erinnerst du dich? Vermutlich nicht. Jemand wie du spricht ja ständig mit irgendwem. Oder sollte ich sagen, du bist das Gespräch? Wie von selbst gruppieren sich die coolsten Typen der Schule um dich, suchen die schärfsten Girls deine Nähe. Nein, ich wette, du weißt kein Wort mehr von dem, was du mir vor die Füße gespuckt hast. Vor drei Jahren, zwei Monaten und fünf Tagen. In mein Gedächtnis dagegen hat sich jede Silbe eingebrannt. So wie der Spielstand auf einer Festplatte: jederzeit abrufbar. Loading ... sportstunde_01.

Beißender Schweiß. Alte Gymnastikmatten. Und in Turnschuhe eingesperrte Füße. Die Sporthalle hat ihren eigenen Geruch. Das offene

Fenster kommt nicht dagegen an. Dass mir kotzübel ist, hat aber noch einen anderen Grund. Nämlich die an den schmalen Seiten eines viel zu großen Spielfelds angebrachten Körbe: Basketball.

Yannick und Marcel wählen. Tip ... Top ... Unter Yannicks Haut zucken die Muskeln. Geil darauf, loszudribbeln und Körbe zu werfen. Angeber, die! Yannick hat kein Gramm Fett am Körper. Marcel ist auch ein Arschloch.

Die Teams wachsen. Gleich werden sie noch mal unterteilt: in Gruppen aus jeweils 5 Feldspielern. Unter den Körben ballen sich Bizepse, pulsieren Adern, schwellen Deltamuskeln. Schnelligkeit und Kraft – zur Schau gestellt in ärmellosen Shirts. Immer weniger Typen sitzen auf der Gymnastikbank. Sie warten darauf, dass endlich der Finger auf sie zeigt.

Einer von ihnen bin ich.

Meine Pässe sind scheiße, ich verfehle ständig den Korb und pfeife schon im ersten Viertel auf dem letzten Loch. Was will man mit so einem schon anfangen?

«Wir nehmen Kevin!»

Links von mir formt sich eine Hand zum Victory-Zeichen.

«Dennis.»

Wie bitte? Der ist doch noch schlechter als ich. Wirklich!

«Jonas, komm her!»

Die Namen fallen jetzt schneller. Fast im Sekundentakt. Patrick, Alexander, Simon. Wer jetzt noch auf der Bank hockt, ist kein Gewinn mehr für sein Team. Timo, Felix, Tobias. Sportversager, die niemand an seiner Seite haben will. Alles, was von denen erwartet wird, ist, gleich nicht im Weg zu stehen.

Manchmal gelingt mir das.

5 MINUTEN, 12 SEKUNDEN.

Scheiß drauf – ich liege gut in der Zeit! Erneut feuere ich auf Yannick. Zweimal in den Bauch, einmal in die Sportlerbrust.

Immer wieder musst du dir neue Strategien erarbeiten, Basiszüge überraschend variieren. Unberechenbar bleiben. Ein Fragezeichen mit Feuerkraft.

Es ist beeindruckend, über welche Kapazität das Magazin verfügt. Das Polymergriffstück benötigt keine Griffschalen und bietet deshalb mehr Raum für den Magazinkörper. Bis zu 33 versetzt in Doppelreihen angeordnete Patronen gewährleisten eine Feuerstärke, die anderen Modellen vergleichbarer Größe klar überlegen ist.

Ich drücke noch mal ab. Ein roter Sprühregen rieselt auf Ordner und Hefte nieder, die überall auf dem Boden verstreut liegen. Auf der Flucht aus dem Klassenzimmer wurde der staatliche Bildungsauftrag mit Füßen getreten. Yannicks Beine zucken.

When my granny was 93,
She did pushups just like me.
When my granny was 95,
She could outrun any man alive.

Ich könnte singen vor Freude. Auf einem Mathebuch klebt etwas, das wie ein Stück Darm aussieht.

Schneller Blick auf die Uhr. Sollte die Zielperson länger als 2 Minuten und 12 Sekunden durchhalten, werde ich die verlorene Zeit bei Zielperson Nummer zwei aufholen müssen.

Zurück zu unserer kleinen Geschichte, Yannick.

Yannicks Finger wandert die Reihe entlang. Ich ziehe den Bauch ein. Der Speck quillt trotzdem über meine Hüften. Aber das fällt weniger auf. Wähl mich. Bitte. Bitte. Bitte!

Langsam kommt der Finger näher. Kopf für Kopf. Gleich hat er mich erreicht! Ich halte die Luft an. Der Gestank verschwindet – und auf einmal ist alles möglich ...

Ballgewinn. Ich stelle mir vor, wie ich diesmal mitlaufe und mich anbiete. Einen missglückten Pass rette, nach dem der Gegner bereits seine Wichsgriffel ausgestreckt hat. Kreuzschritt, Täuschung nach links, schneller Handwechsel – schon bin ich an ihm vorbei.

Weiter! Ich dribble direkt durch die Mitte: Die Seitenlinien sind zusätzliche Verteidiger. Sagt der Windisch jedenfalls immer. Vorbei an der Drei-Punkte-Linie. Zwei Gegenspieler stürzen auf mich zu. Mit meinem Körper schütze ich den Ball. Nur noch ein paar Meter! Das Spielbrett streckt sich mir entgegen. Hoch über meinem Kopf. Ich visiere das schwarze Quadrat oberhalb des Netzes an. Springe ab. Werfe! Der Ball steigt steil in die Luft ...

«Los, hoch mit dir!»

Der Finger ist jetzt ganz ausgestreckt. Nicolas, mein Nebenmann, springt auf: Yannick hat seine Wahl getroffen.

6 MINUTEN. 45 SEKUNDEN.

Yannick stöhnt leise. Ich bin der glücklichste Mensch auf der Welt.

Es kann nur einen geben! Robin oder ich, ich oder Robin. Einen, der der Schlechteste ist. Außer uns sind nur noch die Mädchen übrig.

Etwas links von mir sitzt Anna. Sie trägt ein eng geschnittenes Top von Nike. Zum Reinschwitzen sieht es viel zu stylish aus. Aber natürlich läuft Anna die Suppe auch nicht so runter wie mir.

Am anderen Ende der Bank wartet Laura. Ob sie überhaupt transpiriert? Ein solcher körperlicher Vorgang scheint für ein derart vollkommenes Geschöpf viel zu profan. Laura hat einen weiten Trainingsanzug an. Nicht besonders schick das Teil. Aber das spielt keine Rolle. Laura würde selbst in einem Sack noch toll aussehen. Sie blickt zu mir rüber. Schnell starre ich auf den Boden. Ihr Mitleid ertrage ich nicht.

Zu meinen Füßen erstreckt sich ein Geflecht aus farbigen Linien. Spielfeldmarkierungen. Ich folge mit den Augen der roten Linie, Handball, bis sie auf eine blaue, vielleicht Hockey, trifft.

Die vielen Striche sehen aus wie das Streckennetz der Londoner Subway. Geordnetes Chaos. Die blaue Linie schlägt einen Bogen: Langsam nähere ich mich dem Ende des Torraums.

Hm, im Tor war ich noch nie besonders gut. Besser ich steige ganz schnell um. Auf Grün. Nächster Halt: Volleyball!

«Hey Robin, bist bei uns.»

Scheiße.

Bitte alle aussteigen – Endstation!

7 MINUTEN. 12 SEKUNDEN.

Aus Yannicks Mund sickert Blut. Sein Atem geht stoßweise. Genauso keuche ich, wenn ich gezwungen bin, hinter einem Basketball herzuhetzen.

+look down

Ich löse Yannicks Darmfetzen von dem Mathebuch – Analytische Geometrie, Leistungskurs, 2. Auflage – und stecke ihn in meine Hosentasche. Er ist noch warm.

Vom hinteren Teil des Gebäudes sind schnell aufeinander folgende Schüsse zu hören. Schreie. Stille. Dann wieder Schüsse. Das ist ==headshot==.

==headshot==, der einen Kopf größer und zwei Jahre älter ist als ich. ==headshot==, der selbst am Tag der offenen Tür in schmutziger Bundeswehrhose aufmarschiert. ==headshot==, der einem Typen ohne jeden Grund den Daumen gebrochen hat.

Er hat sich vor einem der beiden Notausgänge postiert. Jeder, der da durchwill, fängt sich eine Kugel ein. Wer durch den anderen zu flüchten versucht, hat ebenfalls schlechte Karten. Denn er muss vorher an mir vorbei.

Nur wenn sich ein Team als Einheit versteht und jeder die Position und Aufgabe des anderen genau kennt, kann es das Missionsziel erreichen.

==headshot==, die anderen nennen ihn Patrick, und ich sind perfekt aufeinander eingespielt.

Blicke treffen mich. Abgeschossen von den reliefartigen Muskelbergen unter den Körben. Die netteren sind schadenfroh, die anderen gehässig. Ich kann sie nicht erwidern. Ein perfekt modelliertes Schulterpaar zuckt kurz. Aber das Mitleid ist nur gespielt. Muskelstränge ziehen sich über straffe Bäuche wie Panzerketten.

Das Blut kocht unter meiner Gesichtshaut. Was Laura jetzt wohl von mir denkt? Schnell, wieder runter mit den Augen ...

Willkommen im Schmutz! Schwarze Streifspuren haben sich in den Boden eingefressen. Da haben wieder welche Turnschuhe mit dunklen Sohlen getragen. Gruß an Kessler, den Hausmeister!

Ich gehe auf mein Team zu. Meter für Meter. Das Team, das auf mich scheißt. Ohne auch nur einmal aufzusehen, folge ich den Linien. Der Weg ist kurz, fühlt sich aber an wie eine Weltreise. Er endet abrupt an einem breiten Brustkorb.

«Verpiss dich, du Wichser – meine Mannschaft bringt schon ohne dich genug auf die Waage!»

8 MINUTEN, 32 SEKUNDEN.

Yannicks Züge verzerren sich: Die Schmerzen müssen jetzt unerträglich sein. Gut so!

Stille. Laut hallen die Worte in meinem Kopf wider. Und dann lachen sie. Erst einer, dann zwei – und schließlich prustet die ganze Klasse los. Selbst der Windisch, unser Sportlehrer, kann sich ein Lächeln nicht verkneifen. Der konnte mich eh noch nie leiden!

Bewegliches Handgelenk, nur die gespreizten Finger berühren den Ball. Seht euch an, wie Yannick das macht! So und nicht anders muss ein Basketball geführt werden. Und das Wichtigste: Richtet euren Blick fest auf den Gegner. Unterschätzt ihn niemals! Na ja, es sei denn, ihr habt Mathias vor euch …

Yannick sieht an mir vorbei in Richtung Gymnastikbank. Was soll das? Da sitzen doch bloß noch die Mädchen. Aus den Augenwinkeln kann ich Laura erkennen. Mit ihren langen blonden Haaren sieht sie wie ein Engel aus.

Yannicks Arm schießt nach vorn. Nein, er wird doch wohl nicht … Ganz langsam streckt Yannick seinen Finger aus.

9 MINUTEN, 2 SEKUNDEN.

Okay, ich war also der Letzte, den du gewählt hast. Supersportler, Superarschloch. Aber dafür stehst du auf meiner Liste an erster Stelle. Ausgleichende Gerechtigkeit.

Ich habe schon mal eine Liste geschrieben. In der ging es nicht um den Tod, sondern das Leben.

Eine Aufzählung von Gründen, mir nicht die Glock in den Hals zu stecken.

U.S. SEAL COMMANDO™, mein Lieblings-Shooter, stand drauf. Die Luft, kurz nachdem es geregnet hat. Und extrascharfe Thunfischpizza mit viel Knoblauch. Sowieso kreisten viele der Einträge ums Essen.

Neun schlagende Anti-Freitod-Argumente habe ich so zusammenbekommen. Aber das reichte nicht. Ich brauchte noch einen letzten Punkt! Spätestens bis zum nächsten Morgen. Sonst, das war beschlossene Sache, würde ich mich erschießen.

Kurz bevor die Sonne aufging, hatte ich dann meine Nummer zehn. Was ich geschrieben habe? Liste zerknüllen und neue schreiben. Mit fünf Namen drauf. Bald sind es übrigens nur noch vier. Denn der von dir, Yannick, ist schon so gut wie gestrichen.

Du bist mir voll in die Hacken gegrätscht. Mit beiden Beinen. Trotzdem warst du der Liebling vom Windisch. Weil du jede Sportart sofort auf die Reihe bekommen hast. Dein Volleyball-Aufschlag: eine geschmetterte Kriegserklärung. Die langen Pässe beim Handball – genau auf den Mann. Und beim 5.000-Meter-Lauf hast du mich gleich zweimal überrundet.

Na, was nützen dir deine ganzen Muskeln jetzt – die Bizepse, Trizepse und all diese Stränge in deiner Brust, keine Ahnung, wie die heißen! Sie haben der Glock nichts entgegenzusetzen.

9 x 19 Millimeter verwandeln selbst deinen Körper in blutigen Matsch. Aber weißt du was? So gefällst du mir besser.

Viel besser!

Du kannst aufhören, deine Därme festzuhalten, Yannick! Erstens brauchst du sie nicht mehr. Und zweitens sind sie sowieso nicht mehr komplett.

Ich taste nach dem glitschigen Stück in meiner Hosentasche.

Wann habe ich bloß angefangen, dich so zu hassen? Ich weiß es nicht mehr. Fest steht jedoch, dass meine Wut in dieser Sportstunde ihren vorläufigen Höhepunkt erreichte. Damals wollte ich dich zum ersten Mal töten. Heute wird es übrigens nicht bei einem Wunsch bleiben. Aber das weißt du ja inzwischen selbst ...

+fire

Ein Zittern läuft durch Yannicks Körper.

Du hast nicht die geringste Ahnung, was Hass mit einem Menschen macht, Yannick. Du würdest staunen! Hass gibt Kraft. Die Stärke, jede nur erdenkliche Demütigung zu ertragen. Tagein, tagaus. Du musst ihn nicht mal schüren. Denn der Hass wächst von ganz allein. Erst schwelt er nur in deiner Brust. Glimmt, flackert, züngelt. Doch einmal richtig aufgelodert, greift er rasend schnell um sich.

Was dann aus der Asche deiner Seele emporsteigt, ist eine Vision. Meine ist aus Blei und hat sich durch dein Bein gefressen. In deinen Bauch. Und tief in deine Brust.

Wer von uns beiden ist jetzt der Wichser, Yannick? Na los, sag schon: du oder ich? Sieh mal, da vorn in der Ecke liegt dein großer Zeh. Jedenfalls das, was noch von ihm übrig ist. Hallo, Zeh – nett, dich kennen zu lernen!

Hey, Wichser, dein großer Zeh sieht heute aber nicht besonders gut aus! Wichser? Hörst du mir überhaupt noch zu? Zum Henker, ich rede mit dir – sieh mich gefälligst an!

Kann er nicht mehr. Yannicks Augen starren ins Leere. Als sich sein Schließmuskel entspannt, erfüllt der Gestank von Scheiße den Raum.

[mission 1 completed, viper_666]

00:11:04

Wer eine Waffe hat, trägt Verantwortung. So sieht das jedenfalls mein Onkel. Deshalb ist der Waffenschrank in seinem Keller auch immer verschlossen. Weggesperrt hinter dickem Panzerglas befindet sich sein ganzer Stolz: eine Heym BBF des Typs 55 – mit regulierbarem Feinabzug, mündungslangem E-Lauf und elegantem Edelholz-Kaisergriff. Viele Jahre bekam ich sie nicht in die Finger.

Einmal steckte dann doch der Schlüssel ...

Keine Ahnung, wie es mir gelungen ist, die Waffe aus der Verankerung zu lösen und zu laden. Damals war ich ja erst zehn. Ich weiß nur noch, dass mich der Rückstoß zu Boden warf. Als ich mich aufgerappelt hatte, war in der Kellertür ein Loch. Das reibungsarme 5,6-Milimeter-Kupfer-Massiv-Geschoss hatte ganze Arbeit geleistet.

Es gibt nur wenige Momente, in denen sich das Leben gut anfühlt. Dies war einer davon. Ganz allein über eine derart geballte Zerstörungskraft zu verfügen – das macht dich zu Gott. Sich ausdehnende Verbrennungsgase treiben deine Wünsche durch den Lauf und lenken sie richtungsstabil auf einen anvisierten Punkt. Dein Wille geschehe!

Im Türrahmen liegt eine Tote. Kein Primärziel, sie war

einfach zur falschen Zeit am falschen Ort. Verdient hat sie den Tod trotzdem. Die Fotze!

I want to be a Navy SEAL
I want to cut off all of my hair
I want to be a Navy SEAL
Run with me, if you dare

Als ich über die Leiche steige, feuere ich ihr, einem Impuls folgend, ins Gesicht. Es gibt keinen Grund, Munition zu sparen. Rein rechnerisch betrachtet, stehen mir für jede Zielperson exakt 72,5 Patronen zur Verfügung.

Sie sind alle da. Heute sollte in der sechsten Stunde eine Englisch-Klausur geschrieben werden. Zu gefährlich, diese zu versäumen. Denn Witte, der Englisch-Lehrer, ist dafür berüchtigt, Nachschreibern mit besonders fiesen Aufgaben die Noten zu versauen.

Schule kann tödlich sein – nicht nur für den letzten Nerv.

Bevor ich heute Morgen aufgebrochen bin, um das Leben von fünf Menschen zu beenden, habe ich zu Hause gespült. Ich hatte es meiner Mutter versprochen. Der widersetzt sich niemand. Geburtstag hin oder her. Außerdem wasche ich, obwohl ich mir das nur selten eingestehe, gern ab. Geschirr schmutzig, Geschirr sauber. Wäre doch alles so einfach!

Ich bin 18 geworden. Ab heute darf ich allein ein Kraftfahrzeug steuern, mein Kreuz auf einen Wahlzettel setzen und mich ganz legal mit Hochprozentigem abschießen. All das werde ich jedoch niemals tun. Denn es gibt keinen Zweifel daran, dass ich innerhalb der nächsten Stunde erschossen werde.

Jeder Sieg fordert Opfer. Ich kann damit leben, dass ich eines sein werde. Sterben muss man eh irgendwann. Nicht die Länge deines Lebens ist von Bedeutung, sondern wie du die dir zur Verfügung stehende Zeit nutzt. Und da bin ich wirklich ganz weit vorn.

In 57 Minuten kannst du die erste Halbzeit eines Fußballspiels gucken und, bevor die zweite beginnt, den Rest der Chips verdrücken. Du kannst 20 Englisch-Vokabeln in dein Kurzzeitgedächtnis reinprügeln. Für die Prüfung am nächsten Morgen. Oder du setzt ein Zeichen für die Ewigkeit. Für Letzteres habe ich mich entschieden.

Alles ist genau geplant. Jeder Meter. Jede Minute. Nach dem ersten Schuss vergehen mindestens 5 Minuten, bis ein Nachbar den Notruf wählt. Die nächste Polizeiwache ist in Neustadt. Für die Fahrt brauchen die Bullen 12 Minuten. Jedenfalls dann, wenn sie richtig Gas geben. Ob sie genug Arsch in der Hose haben, die Schule ohne Unterstützung zu stürmen? Glaub' ich nicht. Die hektisch angeforderten Scharfschützen spähen deshalb frühestens nach 40 weiteren Minuten durchs Zielfernrohr. Insgesamt habe ich also rund 57 Minuten Zeit, um alle Zielpersonen zu eliminieren.

Die werden mich und den heutigen Tag niemals vergessen. Happy Birthday, viper_666!

Neue Zone. Die Zielperson befindet sich im Medienraum – zusammen mit zwei anderen Fotzen und dem Witte, unserem Englischlehrer. Natürlich haben sie sich eingeschlossen. Lachhaft. Ein Schloss ist kein Hindernis für die Glock. Ich klopfe zweimal laut an:

+fire
+fire

Haben die etwa geglaubt, ich würde am Medienraum vorbeilaufen? Was für ein Irrtum! Eine Map kann nur auf eine Weise gesäubert werden: systematisch. Wenn du nicht konsequent einen Raum nach dem anderen unter deine Kontrolle bringst, fällt dir einer in den Rücken. Nur Anfänger spielen so – n00bs. Ohne jede Übersicht ballern sie um sich, stolpern dem eigenen Team in die Feuerlinie oder lassen ihren Nebenmann im Stich. Sie sind die Kugel nicht wert, die sie tötet.

Egal, ob die Teammates an deiner Seite reihenweise niedergemäht werden oder du selbst zum Kugelfang wirst: Du musst stets im Sinne deines Auftrags handeln. Das ist deine gottverdammte Pflicht!

Ich bin ein bisschen sauer. Aber nur kurz. Immerhin wird es das letzte Mal sein, dass sie mich unterschätzen. Als ich die Tür aufstoße, liegt Martina aus dem Deutsch-LK in ihrem Blut. Sie röchelt: Das Loch in ihrem Hals kann sich sehen lassen!

Während sie um Luft ringt, bewundere ich die Tiefenwirkung meiner Glock. Dann feuere ich der anderen Drecksfotze, keinen Schimmer wie sie heißt, zweimal in den Kopf.

Das eine Projektil zertrümmert ihre Stirn, das andere durchschlägt die linke Wange. Zahnsplitter tanzen durch die Luft. Die Zunge rutscht, nur noch von einem dünnen Hautbändel gehalten, durch das Einschussloch. Sieht lustig aus. Jeglicher Körperspannung beraubt, sackt die Leiche in sich zusammen.

Apropos Leiche: Das Röcheln am Boden ist verstummt. Je größer der Wundkanal, desto besser die Tötungskraft – die alte Regel hat sich wieder einmal bestätigt.

Witte taumelt zurück. He, she, it – das ‹s› geht mit. Er stolpert über einen Fernseher, direkt in das Regal mit den Abspielgeräten. Ein DVD-Player zerschellt am Boden. Schaltkreise und Schrauben spritzen in alle Richtungen.

«Jetzt hör mal, Mathias ...»

Ja, ja, ich hab's endlich kapiert: Es ist das Past Progressive, Sie Arschloch!

«Sieh da, endlich ist auch mein Lieblingsschüler eingetroffen!» Über den Rand des Englischbuchs hinweg funkelt mich Witte an. «Schön, dass du uns doch noch mit deiner Anwesenheit beglückst!»

Irgendeiner hat vorgelesen. Seine Silben hängen noch in der Luft.

Ich bin zu spät – nicht das erste Mal in dieser Woche. Morgens ist es immer besonders schwer, den richtigen Moment abzupassen. Meistens verstecke ich mich bis zum Unterrichtsbeginn draußen. In dem Gebüsch hinter der Schule habe ich meine Ruhe – vor allem, wenn es regnet. Schlüpfst du zu früh in die Klasse, bist du denen ausgeliefert. Los, drauf, immer drauf! Dann machen die dich fertig.

Manchmal ignorieren die dich auch. Das ist noch schlimmer. Die Gespräche, Verabredungen, das Lachen – all das geschieht über deinen Kopf hinweg. Und was machst du? Du verkriechst dich in dir selbst. Ganz tief. Dort bist du zwar sicher. Aber die lassen dich da nie wieder raus.

«Da du es nicht für nötig hältst, pünktlich zu erscheinen, beherrschst du den Stoff für die morgige Klausur offenbar schon. Bitte

sei so freundlich und lass deine Klassenkameraden und mich an deinem umfassenden Wissen teilhaben ...»

12 MINUTEN, 29 SEKUNDEN.

Witte hebt die Hände. Eine rührende Geste. Aber eine zwecklose.

+fire

+fire

+fire

Starke ballistische Leistung, sanfter Rückstoß – ich liebe die Glock! Witte sinkt zu Boden.

«Hab's immer gewusst ... bist ein Psycho, Mathias!»

Ach was. Die soziale Ausgrenzung, blabla, erzieherische Versäumnisse, und so weiter, dann der übersteigerte Konsum Gewalt verherrlichender Computerspiele – all das hat mich doch dazu getrieben. Hey, *ich* bin hier das Opfer!

Witte spuckt das Blut aus, das sich in seinem Mund gesammelt hat. Ungeduldig – meine Zeit ist begrenzt, der Preis des Erfolgs – warte ich, bis er weitersprechen kann.

«Na los, dann töte mich doch, du krankes Schwein! Damit änderst du gar nichts. Du bleibst ein Versager, der nicht alle Latten am Zaun hat.»

Taten sagen mehr als Worte. Ich feuere Witte direkt in sein geöffnetes Maul. Heute beende ich die Stunde.

Meine Zielperson schreit unterdessen wie am Spieß. Mann, was ist das laut! Ihre Panik, natürlich ist sie berechtigt, hat den Klang von Glaspullen, die im Flaschencontainer zerschellen. Als der letzte Schuss verhallt ist, hört auch das Gekreische auf. Das kommt mir entgegen, denn für die noch vor mir liegenden Missionen werde ich meine gesamte Konzentration brauchen.

Die Zielperson lehnt an der Wand. Ihr Blick fliegt durch den Raum, sucht verzweifelt nach einem Ausweg. Ohne Erfolg. Es gibt nur eine Tür. Und vor dieser: ich.

Wittes Mund verzieht sich – er lächelt. Seine Zähne sind gelb und spitz. Das Kauwerkzeug eines Nagers. Zwischen den oberen Schneidezähnen steckt ein Brotkrümel, aufgeweicht von der Spucke. Ich kann den Blick nicht davon abwenden.

Wittes Mundwinkel schnellen zurück. Er fährt fort: «Verrate uns, welche Zeitform insbesondere dann Anwendung findet, wenn eine sich im Ablauf befindliche Handlung durch eine neue unterbrochen wird.»

Ich zucke mit den Schultern. Mein Platz ist nur wenige Meter entfernt. Am liebsten würde ich dorthin schleichen. Mich so klein wie möglich machen. Unsichtbar werden. Aber Witte, die Ratte, hat sich festgebissen.

«Na, jetzt komm schon, Mathias! Du weißt doch wohl besser als jeder andere von uns, wie es ist, beim Ausüben einer Tätigkeit gestört zu werden ...»

Schweigen. Das Flüstern in den hinteren Reihen verstummt. Schlagartig. Genauso vorn das Gekicher. Ich spüre die Blicke. Jeder weiß, was jetzt kommt. Ich auch. Entsetzt warte ich auf die nächsten Worte. Und die folgen prompt:

«... seit der Klassenfahrt!»

13 MINUTEN, 36 SEKUNDEN.

Ich drücke ab. Die Glock gibt ein metallisches Klicken von sich: Das Magazin ist leer. Kein Grund, sich deswegen Vorwürfe zu machen. Mein Onkel meinte mal, dass selbst Profis die abgegebenen Schüsse im Einsatz kaum mitzählen können.

Eine ungeladene Pistole ist wie ein Porsche ohne Sprit. Ein alkoholfreies Bier. Oder die mörderscharfe Freundin mit sexuellen Hemmungen. Deshalb ist es ein so befriedigender Moment, wenn das volle Magazin einrastet.

Das dauert keine drei Sekunden, denn ich habe die erforderlichen Handgriffe nächtelang trainiert. Mit verbundenen Augen, genauso wie die SEALs.

Die U.S. Navy SEALs gelten als die beste Elite-Einheit der Welt. Ihre Ausbildung ist hart: Gerade mal 30 Prozent aller Anwärter überstehen die Höllenwochen. Mit systematischem Schlafentzug und gnadenlosem Drill werden sie bis an die Grenzen ihrer Leistungsfähigkeit getrieben. Und darüber hinaus! So werden sie an Händen und Füßen gefesselt in die peitschende Brandung geworfen, müssen stundenlang in eisiger Kälte ausharren und unter scharfem Beschuss die Nerven behalten.

Wer das SEAL Qualification Training – kurz: SQT – bewältigt, ist nicht zu stoppen. Egal, ob im Wasser, an Land oder in der Luft. Das Credo der Jungs: Der einzige leichte Tag war gestern.

Bei mir ist es genau umgekehrt.

+reload

Die Glock ist jetzt schussbereit. Endlich kann ich mich wieder voll und ganz auf meine Zielperson konzentrieren: Hallo, Jennifer!

«Mathias?» Jennifer lächelt. Ich bleibe stehen. Sehe mich unauffällig um. Die Fußgängerzone zeigt ihr übliches Elf-Uhr-Gesicht. Mit Einkäufen beladene Hausfrauen hasten an mir vorbei. Ein Kind plärrt. Rentner trödeln durch den Vormittag. Ansonsten ist die Straße leer. Meint sie etwa tatsächlich ... mich? Ich glaube, ich träume!

Jennifer sitzt vor einer Eisdiele nahe der Schule und sieht einfach geil aus. Ihr Rock ist kurz, die Beine lang. Sie sind braun gebrannt bis zu den Zehenspitzen.

Neben Jennifer räkeln sich Nadine und Anna auf den Stühlen, ebenfalls welche aus meiner Klasse. Eng anliegende Markenklamotten, schicke Körper. Körper, die man garantiert nicht von der Bettkante stoßen würde. Und ich schon gar nicht!

Alle drei haben einen Eisbecher vor sich stehen.

Ich murmele eine Begrüßung. Erröte. Unsere Begegnung ist ein Zufall. Mathe ist ausgefallen. Ich will die Freistunde im Games-Shop totschlagen. Die Eisdiele liegt auf dem Weg dorthin.

Seit einigen Tagen ist U.S. SEAL COMMANDO™ draußen – ein Ego-Shooter, der sich durch eine noch nie dagewesene Realitätsnähe auszeichnen soll. Aber das ist mir plötzlich scheißegal.

Jennifer zwinkert mir zu.

«Willst du uns zum Eis einladen?»

Tiefer Blick, tiefer Ausschnitt.

Es ist heiß. Die Sonne kitzelt auf der Haut. Am Tisch vor mir sitzen drei sexy Mädchen und lächeln mich an. Mädchen. Sexy. Drei.

Na, und ob ich will!

Es ist der erste Schultag nach den großen Ferien. Der Tag, an dem mein neues Leben beginnt.

14 MINUTEN. 27 SEKUNDEN.

Ich hebe die Glock. Damit die Waffe nicht die Sicht auf mein Zielumfeld verdeckt, nehme ich den Kopf etwas runter. Bei der Zielerfassung ist es wichtig, nicht das Ziel, sondern die Zieleinrichtungen der Waffe zu fokussieren. Gerade unter Stress machen das viele falsch.

Ich nicht. So wie ich es gelernt habe, bringe ich das Ziel präzise mit Kimme und Korn in Einklang. Nicht etwa, dass ich bei einer so geringen Distanz groß danebenschießen könnte. Aber ich bin ein Perfektionist.

Mein Onkel hat mir das Schießen beigebracht. Als er in den Keller kam, durch die zerstörte Tür, hielt ich die Heym noch umklammert. Er hat sie mir aus der Hand genommen, ganz behutsam, und mich windelweich geprügelt. Danach zeigte er mir, wie man ein Gewehr richtig hält. Das war mein erstes Waffentraining.

Von da an besuchte ich Michael regelmäßig. Wir übten im Wald. Ich schoss mit Langwaffen, ich schoss mit Kurzwaffen – im Stehen, im Knien und im Liegen. Ich lernte, mein Gewicht auf die Fußballen zu verlagern, um den Rückstoß zu kontrollieren. Ich schoss unter körperlicher Belastung und bei wechselnden Lichtverhältnissen.

Schon bald beherrschte ich die wichtigsten Anschlagsarten, konnte mit dem Gewehr in der Hand eine schnelle 180-Grad-Drehung ausführen und jedes Modell aus dem Schrank meines Onkels in seine Einzelkomponenten zerlegen.

Natürlich ist eine moderne Präzisionswaffe weit mehr als die Summe ihrer Teile. Das habe ich auch von Michael. Er ist cool. Ganz anders als mein Alter. Es ist kaum zu glauben, dass die beiden Brüder sind. Auf der anderen Seite, selbst wenn Michael die Welt ganz gern durch eine Zielvorrichtung betrachtet: der wahre Killer von den beiden ist Papa. Die Sache mit Ben ist dafür das beste Beispiel. Und ich? Nun, der Apfel fällt nicht weit vom Stamm. Papa hat dafür bezahlt. Und das werde ich heute ebenfalls.

Mein ausgestreckter Arm zittert kein bisschen. Die Zielperson dafür umso mehr.

Willkommen im Paradies! Ich sehe Shorts, die tief auf Hüften sitzen. Hallo, Anna. Dünner Stoff, der sich über dicke Brüste spannt. Hi, Jennifer. Und was ist das: Blitzt da etwa ein Arschbacken-Dekolleté auf? Tatsächlich! Mit vorgestrecktem Kopf ist der Spalt deutlich zu erkennen. Grüß Gott, Nadine!

Endlich – ab sofort wird alles anders! Die ständige Demütigung, die Einsamkeit, die Angst, morgens aufzustehen: Schnee von gestern. Ich habe die Chance, neu anzufangen. Meine Meinung zählt dann was. Ich verbringe die Pausen nicht mehr allein und bin bei den Partys dabei.

Ich werde trainieren. Wie ein Berserker. Bis ich so schlank bin wie Yannick. Weniger daddeln, mich mehr auf die Schule konzentrieren. Nach dem Abi studiere ich dann Tiermedizin und mache meine eigene Praxis auf. Irgendwo ganz weit weg von hier. Oder sollte ich doch bleiben? Immerhin gehöre ich jetzt dazu!

Nadine flüstert Anna etwas ins Ohr. Anna prustet los. Auch ich grinse. Ich habe allen Grund dazu. Jennifer winkt mich zu sich. Schon stehe ich neben ihr. Lasse mich auf einen freien Stuhl fallen.

Neben mir strecken sich Beine aus. Werden länger und länger und länger ... Unter dem Spaghetti-Träger von Anna, die immer noch mit Nadine tuschelt, räkelt sich ein Schulterblatt. Jennifers Top endet mehr als zwei Handbreit über ihrem Minirock. Wo nackte Haut zu sehen ist, und davon gibt es hier jede Menge, schimmert es feucht. Anna, Nadine, Jennifer – plötzlich bin ich mitten unter ihnen.

Coole Sau, ich!

16 MINUTEN, 59 SEKUNDEN.

«Bitte tu's nicht ... Mathias ... ich hab' dich doch immer gemocht ...»

Ich schweige.

«Hey, das mit diesem Video ... du weißt schon – ich war's nicht!»

Ich schweige.

«Oh, mein Gott ... bitte ... du hast hier echt die Falsche ...»

Ich ramme der Zielperson die Glock in den Mund.

SEXSEXSEXSEX. Jennifers Bauchnabel, aufmerksamkeitswirksam freigelegt, blinzelt mir zu. SEXSEXSEXSEX. Auf dem Weg nach oben bleiben meine Augen an ihren Titten hängen. SEXSEXSEXSEX. Weil es nicht so gut kommt, unverstellt auf sekundäre Geschlechtsmerkmale zu glotzen, konzentriere ich mich auf Jennifers Haar. SEXSEXSEXSEX. Es ist lang und schwarz. SEXSEXSEXSEX. Ich strahle übers ganze Gesicht. SEXSEXSEXSEX. Ich kann einfach nicht anders. SEXSEXSEXSEX. Wenn ich jetzt den Arm ausstrecken würde ...

Auf einmal steht die Bedienung vor mir. Ich greife nach der Karte. Soll ich mir ein Erdbeereis bestellen? Natürlich ohne Sahne. Denn ich will abnehmen. Für mein neues Leben. Die Bedienung drückt mir einen Zettel in die Hand: die Rechnung. Jennifer springt auf. Auch Anna und Nadine sind plötzlich auf den Beinen. Sie lachen.

Ganz langsam leckt sich Jennifer einen Tropfen Eiscreme von der Lippe. Ihre Zungenspitze ist rot und glänzt. Ein Mittelfinger streckt sich mir entgegen: Fick dich! Und dann sind sie weg. Ich bleibe zurück. Allein.

Mein Blick fällt auf die drei Eisbecher vor mir.

Bis auf kleine Pfützen aus geschmolzenem Eis sind sie leer.

18 MINUTEN, 41 SEKUNDEN.

Mein Magazin ist voll. Freu dich mit mir, Zielperson! Eine positive Einstellung ist wichtig. Wer nicht an sich glaubt, fällt beim Visieren schnell in falsche Bewegungsmuster zurück. Außerdem: Was verlierst du denn schon, wenn ich jetzt den Abzugsfinger krümme? Nichts als ein paar Jahrzehnte Leere.

Schlafen. Scheißen. Shoppen.

Du solltest mir dankbar sein. Denn ich verleihe deinem Leben eine Bedeutung. Wenn auch posthum.

+target

Heute würde ein Tag werden wie jeder andere. Das hast du jedenfalls beim Aufstehen geglaubt. Du würdest deine Titten in das Oberteil eines angesagten Mode-Labels zwängen. Entworfen von einem dieser schwulen New Yorker Designer, die ihre hautengen Kreationen als Ausdruck gelebter Freiheit begreifen.

Wohldosierte Unnahbarkeit. Der Hauch von Geheimnis. Eine Prise Narzissmus – und schon bist du die Königin der Schule. Senkt eure Häupter, Pöbel!

Natürlich würdest du aufs Frühstück verzichten. Für die standesgemäße Figur. Schönheit verpflichtet. Mittags würde dir Frau Nolte aus der Cafeteria einen Salat mit Putenbrust – nein danke, bitte kein Dressing – kredenzen.

Ob ich auch so kalorienbewusst bin? Nett, dass du nicht gefragt hast. Ich verrate es dir trotzdem! Nein. Denn ich fresse Frust in mich hinein. Natürlich machen das viele.

Aber ich meine es wörtlich.

In der großen Pause würdest du wie üblich Hof halten, umringt von einem Tross perfekt gewandeter Zicken. Dann dürften sie zu Kreuze kriechen, deine Verehrer. Dummes Zeug stammeln, während ihnen fast die Hose platzt.

+target

Ich wette, du hast heute Morgen jede Menge Zeit im Badezimmer verbracht. Dich Haar für Haar gestylt, dir eine teure Creme in die Visage geschmiert und die Schuhe farblich auf dein Dolce-&-Gabbana-Shirt abgestimmt. Meine kleine, eitle Mitschülerin. Ich hab's genau vor Augen, wie du dir auf dein Aussehen einen gerubbelt hast:

«Spieglein, Spieglein an der Wand: Wer ist die Schönste im ganzen Land?», willst du wissen.

«Na, du Jennifer!», kommt es prompt von deinem Spiegel.

«Wenn du es sagst, Spieglein ...»

«Hach, aber natürlich! Deine Haut ist so herrlich glatt, geschmeidig und ausdrucksstark. Du hast hohe Wangenknochen, genau wie ein Top-Model. Und dann ... ich sage nur: Ha-are! Meine Teuerste, bitte glaube mir: Für eine solche Haarpracht würden andere Frauen morden!»

Dein Spiegel ist wirklich ein Schmeichler!

«Ja, noch! Aber wird das auch so bleiben?»

Und plötzlich, dank mir, Mathias Wesseling – bitte keine Blumen, Glückwünsche alle hinterher – die überraschende Wendung: «Aber nein, du Dummerchen! Guck' dir dein hübsches Gesicht lieber jetzt noch mal an», empfiehlt dein Spiegel. «Man muss es nämlich schon bald von einer Wand kratzen!»

«Aber Spiegel ...», sagt deine verfickte Stimme.

Der Spiegel seufzt. «Tja, da kann ich leider auch nichts machen. Im Tod seht ihr eben alle nicht mehr so lecker aus ...»

Dein Spiegel hat Recht, Jennifer! Kein Arsch wird sich mehr daran erinnern, wie schick du mal warst. Im Gegenteil. Du wirst allen als blutiger Gesichtsbrei im Gedächtnis bleiben. Zerfetztes Fleisch, Knochensplitter, der ein oder andere Zahn. Die Glock macht selbst die Schönen hässlich: Willkommen im Club!

Und dann klettert schon die Nächste auf den Thron. Vielleicht Nadine oder Anna. Die Königin ist tot, es lebe die Königin! Die Schule ist ja voll mit Fotzen wie dir. Markenhuren. Der Wert einer Freundschaft? Lässt sich am Preisschild in den Klamotten ablesen. Ihr verkauft eure Seele für ein Eis, Schuhe, einen farbigen Fetzen Stoff.

Ich brauche nur Schwarz. Immer dieselben Klamotten in Schwarz. Soll ich dir verraten, wieso? Weil es so in meinem Inneren aussieht. Und das ist deine Schuld!

+target

Die Zielperson hat jetzt den panischen Blick eines Dackels, der in der Badewanne ertränkt wird. Sie zittert derart, dass ihre Zähne am Lauf ein klackerndes Geräusch verursachen – Musik in meinen Ohren. Mit der Glock im Maul ist sie kaum noch zu verstehen. Mir gelingt es trotzdem.

«In Schleswig ... als du dir ...»

Ich drücke ab.

[mission 2 completed, viper_666]

Natürlich hat mein Onkel Recht: Eine Waffe bedeutet Verantwortung. Die Verantwortung, nicht danebenzuschießen.

00:19:11

Lauft um euer Leben! Ein Mädchen und ein Junge jagen über den Flur. Hand in Hand, wie süß. Schlank sind sie schneller als ich. Aber nicht als die Glock. Ich feuere im Laufen. Natürlich leidet die Zielgenauigkeit darunter. Ob meine Schüsse der Fotze deswegen bloß die Beine wegreißen?

Die Fotze versucht, sich aufzurappeln. Vergebens. Ihre Waden knicken ein wie Streichhölzer. Der Junge, einer dieser Schönlingstürken, bleibt stehen. Auf seinem Gesicht tobt ein Kampf. Seine Ehre, so nennen die das wohl, gegen die Angst. Ring frei!

Die Angst haut der Ehre voll auf die Fresse. Die Ehre taumelt. Angeschlagen, aber nicht besiegt. Sie versucht einen Aufwärtshaken. Ohne Erfolg. Die Angst setzt nach. Hämmert der Ehre die Faust vor die Brust. Die Ehre ringt um Atem.

Der Kopf des Jungen zuckt in Richtung des rettenden Treppenhauses. Es ist keine zehn Meter entfernt. Nur der Tod ist näher.

Röchelnd bricht die Ehre in die Knie. Ein Tritt hat sie in den Bauch getroffen.

Der Junge entfernt sich einige Schritte. Bemüht, so wenig Aufmerksamkeit wie möglich auf sich zu ziehen, setzt er langsam einen Fuß vor den anderen. «Lass mich bloß nicht allein!», jammert es am Boden. Die Fotze, blass und blutend. Was hat die sich denn hier einzumischen?

Die Angst ist abgelenkt. Einen Augenblick nur, aber der genügt. Ihre letzte Chance nutzend, rammt die Ehre der Angst das Knie in die Eier. Das tut weh!

+forward

Der Junge zögert. Sein Blick flippert zwischen dem Treppenhaus und seinem Mädchen hin und her. Er läuft nicht zurück. Aber er setzt seine Flucht auch nicht fort. Sein Adamsapfel scheint aus dem Hals zu springen.

Die Ehre – ganz schön gelenkig, das Biest – greift jetzt mit einem Side-Kick an. Im letzten Moment duckt die Angst sich weg. Und mit ihr der Junge.

Was für ein Fight! Erinnert mich an meine eigenen inneren Gefechte. Keiner weiß besser als ich, wie das ist, wenn Anspruch und Realität aufeinander losgehen. Mann, ich könnte hier den ganzen Tag lang zusehen. Aber dafür fehlt mir die Zeit. Ich werfe das Handtuch. Für die Ehre.

+fire

Die Fotze ist tot, die Ehre am Boden. Jetzt hält den Jungen nichts mehr. Er stürmt los. Ich zähle bis zehn, bevor ich ihm folge.

Du brauchst Herausforderungen im Leben.

«Du lässt mich also tatsächlich weiter in diesem DRECKSLOCH hausen?»

Mama. Sie ist in der Küche. Deshalb sehe ich sie vom ersten Stock aus nicht. Aber ich weiß auch so, dass sie sich vor Papa aufgebaut hat, der seinerseits immer kleiner wird. Einige Sekunden lang hallt Mamas Zorn nach. Nach einem Räuspern meldet sich, deutlich leiser, mein Vater zu Wort.

«So habe ich das doch gar nicht gemeint ...»

Ben an mich gepresst warte ich darauf, dass Papa weiterredet. Damit ihm Mama wie immer ins Wort fallen kann. Aber Papa schweigt.

«Dein Bruder wüsste genau, was die Frau an seiner Seite – und ich bin sicher keine Schlechte – verdient!»

Mein Hals wird trocken. Immer wenn sich meine Eltern streiten, sehe ich mich schon vor dem Richterpult des Familiengerichts. Bei wem ich künftig lieber leben würde? Scheidungskind! So werden Trennungsopfer bei uns in der 4b gerufen. Scheidungskind!

«Schatz ... Michael hat ein weitaus höheres Gehalt.»

Scheidungskind! Falsche Antwort. Scheidungskind!

«Klar hat er das. Der hängt sich ja auch richtig rein!»

Das ist spätestens der Moment, in dem Papa im Erdgeschoss die Schultern hängen lässt. So wie immer, wenn die Rede auf seinen Erfolgsbruder kommt.

«Ein bisschen Größe solltest aber selbst du vermitteln – wenigstens nach außen hin!»

Ben leckt über meine Hand, als Mama fortfährt: «Außerdem habe ich schon das perfekte Haus für uns gefunden.»

19 MINUTEN, 43 SEKUNDEN.

Feueralarm. Komisch, dass die erst jetzt darauf kommen. Auf jedem Flur fordern dich gleich mehrere Warnmelder auf, die Scheibe einzuschlagen und den roten Knopf dahinter zu drücken.

Ich habe immer so ein komisches Gefühl, wenn das Heulen der Sirenen an meinen Eingeweiden zerrt. Sogar bei Probealarm. Das jetzt ist natürlich blutiger Ernst. Aber mal ehrlich: Wer bei all den Schreien – viele brechen nach schnellen Schussfolgen plötzlich ab – noch nicht begriffen hat, was hier im Busch ist, verdient es, erschossen zu werden. Wegen Blödheit vor dem Feind!

+right

Wie mag das sein, wenn Gekreische die Stille zerreißt? Dein Lehrer wissen will, was da draußen vor sich geht? Die Tür aufmacht, ganz vorsichtig, und dir rückwärts entgegenfällt? Ohne Gesicht.

Was fühlst du, wenn der Typ neben dir, mit dem du in der großen Pause immer Fußballbilder tauschst, nach hinten zuckt? Sein Kopf aufs Pult knallt, während eine Fontäne aus warmem Blut über dich spritzt.

Wenn dein Vordermann die Hände über den Kopf hebt, um sich zu ergeben? Und dabei zwei Finger einbüßt. Du in die Putzkammer flüchtest, aber das Versteck schon belegt ist? Von zwei toten Mädchen.

Triumph und Tragödie. Das Trauerspiel dabei ist nicht etwa, dass auch ich gleich in Stücke gerissen werde. Sondern dass ich meinen großen Erfolg nicht mehr auskosten kann.

«140 Quadratmeter in bevorzugter Lage.» Dramaturgische Pause. «Und erst das Gründstück: Endlich bekommt Mathias einen richtigen

Garten! Ich selbst will mir übrigens auch nicht länger ein Stück verbrannten Rasen mit drei Hausbewohnern teilen.»

Ben winselt leise. Er will nach draußen. Papa räuspert sich wieder.

«Natürlich wäre es schön, mehr Grün um sich zu haben. Aber so ein großes Haus ...»

«Das sind wir dir also nicht wert?», zittert Mamas Stimme vor Fassungslosigkeit.

Einmal habe ich mitbekommen, wie Papa mit einem ihm unterstellten Kollegen telefoniert hat. Da lag keine Spur von Unsicherheit in seiner Stimme. Im Gegenteil. Er war direkt und wohltuend bestimmt. Zuhause habe ich ihn nie so erlebt.

Ich höre Papa unten seufzen. «Wenn ich noch mehr Überstunden mache, klettere ich bei den nächsten Beförderungen möglicherweise eine Stufe auf der Karriereleiter nach oben.»

Mama spricht jetzt leiser, der Sieg ist errungen: «Es gibt da nur ein winziges Problem: Der Eigentümer will niemanden bei sich wohnen haben, der mit seinen Pfoten Löcher in den gepflegten Garten buddelt.»

«Aber ... der Junge liebt ihn doch so. Was erwartest du um Himmels willen von mir?»

Mama sagt was. Aber ich verstehe es nicht: Sie flüstert.

Ben wedelt neben mir mit dem Schwanz.

20 MINUTEN, 3 SEKUNDEN.

Im Treppenhaus. Auch hier rennt alles. Feindsichtung! Kurz ragt der Kopf des Schönlingstürken auf. Ich schieße drauf. Der Kopf tanzt weiter durch das Gewühl. Dann habe ich ihn aus den Augen verloren. Hat Glück gehabt, der Arsch. Na, und wenn schon. Sind ja noch genug andere da ...

Hey, so bleibt doch! Lust, mit mir Geburtstag zu feiern? Das letzte Mal, als welche zu meiner Party gekommen sind, habe ich zwölf Kerzen auf dem Kuchen ausgepustet. Schon damals hat sich nur eine Handvoll Klassenkameraden zu mir verirrt. Diesmal habe ich mehr als genug Gäste.

Und sie alle bleiben bis zum Schluss!

+forward

Erneut fallen Schüsse im hinteren Teil des Gebäudes. Schreie übertönen sie. Patrick, alias ==headshot==, bringt sich wirklich überaus engagiert ein!

==headshot==, der den Ravern im Yellow Club in ihre Biergläser rotzt. ==headshot==, der wissen wollte, ob sich Körper durchschlagende Projektile auch offline so anhören wie in U.S. SEAL COMMANDO™. ==headshot==, der so viel Leben im Gesicht hat wie ein Toter.

Bis heute morgen habe ich überlegt, ob ich ein Abschiedsvideo hinterlassen soll. Damit die wissen, warum ich es getan habe. Anderseits: Eine Blutspur durch drei Stockwerke des sekundären Bildungsbereichs zu ziehen, ist Statement genug. Außerdem gibt es schon einen Film über mich im Netz. Und der sagt alles.

Nach diesem Tag wird die Schule nie mehr dieselbe sein. Klar, Kessler, der Hausmeister, wird das Blut wegschrubben. Yannicks Pisse aufwischen. Gliedmaßen vom Boden pflücken. Die vor der Schultür niedergelegten Trauerschreiben werden weniger, die Bestellungen von Rollstühlen im örtlichen Sanitätshandel mehr. Kameraleute rollen ihre Kabel wieder zusammen. Die Betroffenheitsmeute, in moralischer Entrüstung zur Mahnwache vereint, dünnt aus. Irgendwann werfen sie die Blumen auf den Kompost, löschen das Kerzenmeer und schließen wieder auf.

Dann warte ich schon auf sie. Ich werde noch allgegenwärtig sein, wenn die Kreidestriche, die sie um meine Leiche gezeichnet haben, lange weggewischt sind. Jedes Mal, wenn ein Sechstklässler im Flur plärrt oder die Tür laut ins Schloss fällt, werden sie angstvoll über ihre Schultern blicken. Und dabei an mich, Mathias Wesseling, denken.

Vermächtnis eines Versagers.

Papa. Ein Mann aus altem Guss. Gute, solide Deutsche Industrienorm – mit Röhrenjeans, Schnauzer und Weihnachtsgeld. Morgens zum Werk, abends zurück. Dazwischen Angebote für Metallgusserzeugnisse schreiben. Tag für Tag.

Am Wochenende ein maßvolles Besäufnis. Ausreichend Alk, um die ganze Scheiße zu vergessen. Aber so wenig, dass er am nachfolgenden Tag noch den Familieneinkauf packt. Einmal im Monat dann ein größerer Ausbruch: Papa am nächsten Morgen leidend auf der Coach. Vor sich hinwinselnd. Das macht er sonst natürlich auch. Nur dass sein Gejammer jetzt nach Sprit stinkt.

Ich stehe im Supermarkt und kämpfe gegen die Tränen. Vor mir: das Regal mit dem Tierfutter. Bens Lieblingssorte – mit mehr als 30 Prozent frischem Qualitätsrind aus biologischer Aufzucht – ist genau auf Augenhöhe einsortiert. Steigert den Umsatz und meine Verzweiflung. Denn ich konnte nicht schnell genug wegsehen.

Beim Gießen von Kupfer nimmt der flüssige Werkstoff nach dem Erkalten eine feste Form an. Ähnlich verhält es sich mit meinem Alten. Auch er ist längst erstarrt.

Aber wer ständig in Bewegung ist, merkt das nicht.

21 MINUTEN. 34 SEKUNDEN.

Wenn die Bullen mein Zimmer ausräumen, Quadratmeter für Quadratmeter, entdecken sie die Festplatte. Einige Pornobilder sind darauf. Von Engeln mit blondem Haar, die so aussehen wie Laura. Und kf_school. Die Map, die das Geschwister-Scholl-Gymnasium bis zur letzten Besenkammer maßstabgetreu abbildet. Mein Trainingsgelände.

Sie finden das Matheheft, in das ich die Positionen der Zielpersonen eingezeichnet habe. Mit verschiedenen Farben, während der Schulstunden. Als im Frontalunterricht die Französische Revolution wütete, Kernatome gespalten wurden und sich Dorian Gray auf Opium durch die Londoner Oberschicht fickte. Vielleicht habe ich vom Lehrinhalt nicht besonders viel mitbekommen. Aber gefordert habe ich mein Hirn auch.

Einmal umgeblättert, dann finden sie die Minutentabelle. Die Zahl in der dritten Spalte ist der geschätzte Munitionsbedarf. Direkt darunter liegt das Foto.

Es zeigt meine Klasse vor der Jugendherberge. Ein freundlicher Bau mit Sechsbettzimmern, umrahmt von einigen Bäumen. Sie blühen, es ist Frühling. Ich stehe in der letzten Reihe. Wo sonst? Weil ich nicht besonders groß bin, ist mein Gesicht halb verdeckt. Immerhin sieht man einen Teil meiner Stirn. Die Fressen von vier Mitschülern dagegen sind gar nicht zu erkennen.

Ich habe sie mit dem Zirkel ausgekratzt.

Erste Leute gucken. Ein Verkäufer aus der Abteilung für Milchprodukte sieht mich mit so viel Mitgefühl an, wie er einem abgelaufenen Joghurt entgegenbringen würde. Herr Jost vom anderen Ende der Straße blickt unangenehm berührt an mir vorbei. Im Nachbargang tuscheln zwei Mädchen. Sie sind etwas älter als ich und sehen unverschämt gut aus.

Tränen. Unmöglich, sie länger zurückzuhalten. Meine Schultern beben. Schluchzer schütteln mich. Und schon heule ich los wie ein Schlosshund!

Das ist peinlich, denn ich bin keine sechs mehr. Und Hundefutter brauche ich auch nicht. In dem großen Haus mit Garten, in dem wir seit einigen Jahren wohnen, steht kein Fressnapf mehr in der Küche.

Du selbst hast mir Ben geschenkt, Papa. Damals zur Einschulung, weiß du noch? Ein vorwitziges Welpchen, das laufend über die eigenen Pfoten gestolpert ist. Seine Schlappohren wedelten dabei auf und ab.

Als mich die feuchte Dackelschnauze das erste Mal anstupste, war ich glücklich. Immer wenn ich traurig war, habe ich das Gesicht in Bens Fell vergraben. Dort fühlte ich mich geborgen.

Warum hast du uns nicht beschützt?

22 MINUTEN, 1 SEKUNDE.

Das Treppenhaus wirkt wie ausgestorben. Na ja, das heißt: jedenfalls fast. Ein bisschen krepiert wird natürlich schon noch. So windet sich ein Typ aus der Unterstufe – glaube, der ist Klassensprecher – in einer Lache aus Blut-Speichel-Kotze. Immerhin: um ihn wird man sich kümmern. Für mich dagegen hat sich nie jemand eingesetzt.

Ob der Typ durchhält, bis die Rettungssanitäter ihn finden? Glaub' ich nicht. Das Loch in seiner Lunge sieht jedenfalls ganz schön böse aus. Pfeift mir bei jedem Atemzug hinterher.

Anerkennung für einen Krieger!

Ein Klassensprecher sollte mehr Würde an den Tag legen. Diesem Schlappschwanz da würde ich jedenfalls nicht meine

Stimme geben! Als ich die Treppe weiter hinabsteige, rasselt sein Atem mit jeder Stufe leiser.

Waffen sind so alt wie die Menschheit. Michael, in Sachen Militärhistorie überaus bewandert, hat mir erklärt, dass der Berufsstand des Fechtmeisters zu den ersten überhaupt zählt. Schon die Germanen droschen mit Übungsschwertern aufeinander ein.

Im Zentrum der Kampfkünste stand zu allen Zeiten die Verteidigung. Man kämpfte um die Ehre, Eigentum oder sein Leben. In dieser Tradition sehe ich mich ebenfalls.

Ich räche mich für das Leben, das ich nie haben werde.

«Komm zu uns nach draußen, Mathias! Es ist so herrliches Wetter.»

Papa deutet durch mein Fenster zum Rasen. Es ist geschlossen. Der Sommer hat es nicht bis zu mir geschafft. In Papas Gesicht blitzt es weiß: Er grinst.

Ohne zu antworten, ziehe ich die Jalousie herunter. In mir sieht es dunkel aus, und das Gleiche soll für mein Zimmer gelten. Außerdem sind deine Gegner bei Tageslicht schlechter zu erkennen. Die auf dem Monitor, nicht die in den eigenen vier Wänden. Das kann dich dein Leben kosten!

Entschlossen, sich seine gute Laune nicht kaputtmachen zu lassen, gibt mir Papa einen Klaps auf die Arme. «Du hast wohl Angst, Farbe abzubekommen?» Er selbst ist für Anfang Juni überraschend braun. Kein Wunder: Papa verbringt jede freie Minute im Garten.

Ich zucke mit den Schultern. Das mache ich oft in letzter Zeit. Einen Spruch kann ich mir trotzdem nicht verkneifen: «Die Sonne ist dein Feind.»

Genau wie mein Vater.

Der Umzug war vor acht Jahren. Seitdem habe ich den Garten kein einziges Mal betreten. Mama hat aufgehört, mich damit zu nerven. Anders Papa. Er versucht es jeden Sommer wieder. Erst mit gutem Zureden, dann mit der Anschaffung kostspieliger Freizeitgeräte. Aber immer ohne Erfolg. Das 4.500-Liter-Pool-Planschbecken mit automatischer Wasserfilterung habe ich ebenso ignoriert wie die neue Tischtennisplatte und das Riesentrampolin.

«Wir könnten eine Wasserschlacht machen – so wie früher!»

Ich schüttle den Kopf. Mann, damals war ich sechs. Ich hatte noch einen Dackel – und Respekt vor meinem Vater.

«Na, wenn du es dir noch anders überleg...»

Er bricht mitten im Satz ab: Ich habe mich wieder dem Computer zugewandt.

Als sich Papa getroffen nach draußen trollt, habe ich bereits einen Hals und zwei Beine durchschossen.

22 MINUTEN, 41 SEKUNDEN.

Ein Helikopter jagt über die Schule. Im Tiefflug. Was wohl gerade vor der Tür passiert? Ein Bild projiziert sich in meinen Kopf. Polizeiwagen, die kreuz und quer im Schulhof parken. Blaulichter tauchen sorgengraue Gesichter in leuchtende Farbe. Zweihundert Meter Absperrband flattern im Wind. Jungbullen wimmeln Eltern ab. Der Vater einer Elfjährigen, ein Bär im Blaumann, weiß nicht, wohin mit seinen Händen. Kein Werkzeug da zum Festhalten. Als er in Tränen ausbricht, flammt ein Blitzlicht auf. Die große Chance eines Lokalreporters. Der mit der Situation vollends überforderte Einsatzleiter – in seiner geruhsamen Laufbahn allenfalls mal mit ein paar Disco-Toten auf der Landstraße konfrontiert – schreit nach dem Psychologen. Doch der ist erstens noch unterwegs und zweitens nicht sehr gut. Sonst würde er die Neurosen gelangweilter Vorstadtfrauen in einen Porsche verwandeln.

Im Erdgeschoss kommt ein Typ an mir vorbei, der sein Ohr in der Hand trägt.

==headshot== war mal in schulpsychologischer Behandlung. Als er sein Messer im Unterricht auspackte, haben selbst die Lehrer geblickt, dass er einen an der Waffel hat. Man attestierte ihm eine ausgeprägte Gewaltbereitschaft. Für diese Erkenntnis musst du nun wirklich nicht studiert haben! Es hätte gelangt, irgendeinen auf dem Schulhof zu fragen. Am besten jemanden mit verkrusteter Lippe oder aufgeschürfter Wange. Ob er daran arbeiten wolle, mit seinen Emotionen besser umzugehen, wollten sie von ihm wissen. Mit so einem freudianischen Funkeln in den Augen.

==headshot==, die tiefenpsychologische Herausforderung, bog sich vor Lachen, als er mir das erzählte. Er sagte, dass er mit seinen Gefühlen wunderbar zurechtkäme. Nur eben alle anderen nicht.

Blöderweise gilt das auch für mich.

00:23:09

Irgendwann gab es kein Zurück mehr. Hast du den ersten Dominostein erst einmal angestoßen, entwickelt sich eine ganz eigene Dynamik. Jeder kippende Stein bringt mit seiner Energie den nachfolgenden zu Fall: Der Lauf der Dinge lässt sich nicht mehr aufhalten. So weit die Theorie. Praktisch sieht das natürlich anders aus: Alles endet, wenn mir ein Scharfschütze das Gesicht wegballert.

Bis letzte Woche war es bloß ein Gedankenspiel. Ausgetüftelt bis ins Detail, sicher, aber trotzdem nichts als ein Produkt der Fantasie. Und fast wäre mein schöner Operationsplan tatsächlich für immer Papier geblieben ...

+left

Das Klassenzimmer der 5a. Im Vorbeigehen feuere ich zweimal durch die geschlossene Tür. Auf Kopfhöhe. Früher habe ich in diesem Raum gesessen, gleich in der ersten Reihe, und mich sehr erwachsen gefühlt.

Wie habe ich mich auf den ersten Schultag im Gymnasium gefreut! Mit dem abschätzigen Wohlwollen, das sich allein aus gefühlter Reife speist, habe ich jeden Grundschüler belächelt. Ich, der auf dem Weg zu seiner renommierten Bildungsstätte war. Dorthin, wo ein lebendiger Geist mehr

Respekt einbringt als das Verschlucken eines toten Regenwurms.

Natürlich war ich nervös. Denn außer Marcel, mit dem ich seit Jahren durch unsere Siedlung tobte, würde ich in der neuen Klasse kein Schwein kennen. Aber in meiner früheren Schule war ich beliebt – und das würde wieder so sein.

Ich habe Schuld auf mich geladen. Schwere Schuld. Zu viel für ein einziges Paar Schultern. Auch wenn sich das aus dem Mund von einem, der knietief durch Blut watet, unglaubwürdig anhört. Meine Tat ungeschehen machen – dafür würde ich alles geben. Aber das geht natürlich nicht.

Deshalb versuche ich, das Gute daran zu sehen. Ohne diesen Mord würde ==headshot== nicht mit einer SIG Sauer P226 in der Hand an meiner Seite durch die Flure stürmen.

==headshot==, der nach einer Pausenhofschlägerei fast von der Schule geflogen wäre. ==headshot==, der ohne zu zögern gegen drei Gegner gleichzeitig auflief. ==headshot==, der so viele Tritte einsteckte wie ein Bundesligafußball und der trotzdem nicht zu Boden ging.

Andersherum hätte ich die ganze Aktion wohl niemals solo durchgezogen. Nur weil wir uns zusammengetan haben, ist meine Abschussliste schon um zwei Einträge geschrumpft. Und die Welt ab heute eine andere.

==headshot== und ich. Wir haben uns nicht gesucht. Aber wir haben uns gefunden.

«DU willst es also mit MIR aufnehmen!»

Knackende Fingerknöchel. Der Klang von Felsen, die ein Erdbeben zermalmt. Unter meinen Füßen zittert der Boden. Das ist die Panik.

Eine dunkle Gestalt ragt vor mir auf. Patrick. Mehr Berg als Mensch. Ein Berg, unter dessen kalter, abweisender Oberfläche es brodelt. Keiner weiß, wann er explodiert. Doch dass es zu einem Ausbruch kommen wird, steht fest ...

Ich sehe mich um. Außer uns beiden ist die Klasse leer. Natürlich ist sie das. Denn ich habe getrödelt. Für jedes eingepackte Buch ein anderes aus meinem Rucksack gezogen. Um nicht mit den anderen vor dem Chemielabor warten zu müssen. Ein schlechter Tausch. Jetzt stände ich nur allzu gern dort – als Zielscheibe fieser Sprüche.

«Du Arsch hast nicht den geringsten Schimmer, mit wem du es WIRKLICH zu tun hast, oder?»

Nein. So wie um meine übrigen 28 Klassenkameraden mache ich auch um Patrick stets einen Bogen. Mit dem Unterschied, dass dieser noch größer ausfällt.

«142 Frags, 47 Deaths. Überschlagen wir doch einfach mal ... Müsste ungefähr einem Verhältnis von 1:3 entsprechen, oder?»

Meine Kill-Ratio. Die Gegenüberstellung von ausgeschalteten Gegnern und eigenen Toden. Keine andere Zahl hat so viel Aussagekraft. Nur noch ein paar Abschüsse – und ich bin die neue Nummer eins. Das können aber nur Clan-Mitglieder wissen. In meinem Kopf formt sich ein furchtbarer Verdacht ...

Ich renne weg. Zumindest mit den Augen. Nichts wie fort von dieser Schlägerfresse! Ich flüchte das in der üblichen Bundeswehrhose steckende Bein herunter, hetze über die mit Stahlkappen verstärkten Springerstiefel und verkrieche mich auf dem Boden.

Auf dem thermoplastischen Kunststoffbelag wimmelt es von Streifen in variierenden Brauntönen. Sie haben einen kleinen Bauch, der sie wie satt gefressene Pantoffeltierchen aussehen lässt. Einzeller müsste man sein ...

Eine flache Hand trifft mich unter dem Kinn. Hart. «Du erkennst mich also immer noch nicht.» Mein Kopf fliegt nach oben. Wir sind wieder auf Augenhöhe.

«Dafür weiß ich nur zu gut, wer du bist ... viper_666!»

24 MINUTEN, 22 SEKUNDEN.

Der Kommissar sprach mir sein Mitgefühl aus. Seine Stimme war sanft, der Blick prüfend. Ich zuckte mit den Schultern. Eine angesichts des grauenhaften Ereignisses mehr als unangemessene Geste. Habe ich damit sein Misstrauen geweckt? Gut möglich. Andererseits: Menschen verarbeiten ihre Trauer unterschiedlich. Nicht, dass es letzte Woche im Präsidium einen Unterschied gemacht hätte. Ein deutlicheres Zeichen des Entsetzens hätte ich sowieso nicht zustande gebracht. Denn nicht nur mein Opfer war tot. Ich war es ebenfalls. Zumindest innerlich.

Eine Woche vor der Tat: Ganz Mathias ist von Hass besetzt. Ganz Mathias? Nein! Ein von unbeugsamen Gefühlen bevölkerter Winkel tief in seiner Seele hört nicht auf, Widerstand zu leisten ...

Herzlichkeit, Güte und Mitgefühl hatten sich zurückgezogen. Bis in die hinterste Ecke meines Selbst. Dort kämpften sie um mich. Oh, und wie sie kämpften! Verbissen, aber vergebens. Als mein Opfer schreiend vor dem Waffenschrank verreckte, fiel diese letzte Bastion der Menschlichkeit. Was vom alten Mathias noch geblieben war, letzte Fragmente seiner Träume und Werte, gab es fortan nicht mehr.

+right

Kleine Ereignisse können Großes bewirken. Isoliert betrachtet, war auch der Auslöser der verhängnisvollen Kettenreaktion belanglos. Es begann mit einer verpassten Bushaltestelle. Wenn ich sagen würde, dass am Ende der Geschehnisse der Tod eines geliebten Menschen stand, so wäre das falsch.

Denn wir befinden uns immer noch nicht am Schluss: Die Dominosteine fallen noch.

Patricks Faust fliegt zurück. Woher kennt er meine virtuelle Identität? Ich warte auf den Schmerz. Doch der bleibt aus. Stattdessen gräbt sich ein ausgestreckter Finger in meinen Brustspeck.

«Dein letzter Frag, gestern Nacht. ‹Das war für dich, Hemmes! Wegen dem Scheiß, den du in Schleswig abgezogen hast!›, stand im Chat. Kurz nachdem du diesen Trottel vom Geschützturm gepustet hast!»

Der Druck auf meinen Brustkorb verstärkt sich. «Ich wusste sofort, wer das geschrieben haben musste – und aus welchem Grund.» Patrick hält inne. «Nur noch ein paar Frags, dann hast du mich überholt. Jedenfalls, wenn du auf deinen Arsch aufpasst und Samstag nicht zu viele Leben verlierst.»

Die Dark Killing Force. Mein Clan hat für das Wochenende eine Truppe herausgefordert, die drei Plätze über uns gelistet ist. Der Verdacht in meinem Kopf modelliert sich zu einer Gestalt. Einer Gestalt, die dem Gegner mit Vorliebe seinen Schädel vom Rumpf ballert.

«Du gegen mich. Morgen Abend, bei dir zu Hause. LAN-Duell. Darfst dir sogar die Map aussuchen.»

Ich zucke mit den Schultern. Mann, reize diesen Wahnsinnigen bloß nicht! Die nächsten Worte kommen geflüstert. Was sie nur noch bedrohlicher wirken lässt.

«Finden wir heraus, wer von uns beiden wirklich der Bessere ist!»

Die Schulglocke schrillt und mir wird klar, wer sich da gerade selbst zu mir eingeladen hat.

==headshot==. Grenzgänger, Gewalttäter – und mein Clan-Leader.

25 MINUTEN, 11 SEKUNDEN.

Deine DNA verrät dich. Gewonnen aus Hautzellen oder Speichel, ist der genetische Fingerabdruck in einem Strafprozess beweiskräftig. Erklärte mir der Kommissar. Bereits winzigste Mengen würden genügen. Über das so genannte PCR-Verfahren würden sich wiederholende Abschnitte im Erbgut untersucht und im Reagenzglas vervielfacht werden. Millionenfach. Das klinge kompliziert, bedeute letztlich aber nur eines: Sie würden den Mörder am Sack bekommen!

Das Leuchten in den Augen des Kommissars trieb mir Schauder über den Rücken.

Im britischen Leicestershire, schwärmte er, feierte die forensische DNA-Analyse ihre Premiere. Eine Sensation! Dort war in den Neunzigern ein Mädchen vergewaltigt und ermordet worden. Man ließ 5.000 Männer zum Bluttest antreten. Nach einem Abgleich der Proben mit dem an der Leiche hinterlassenen Sperma hatte die Polizei ihren Täter. Das ging ruck, zuck. Festnahme, Verurteilung, Knast – voll in den Arsch gefickt!

Ein Unheil verkündendes Lächeln spaltete das Gesicht des Kommissars. Es gebe eine gute Nachricht – und eine sehr gute. Na, dann zuerst die gute, verlangte ich. Der Kommissar nickte stolz.Die Spurensicherung hätte am Tatort verwertbares DNA-Material des Täters sichergestellt. Na, wie das denn noch zu toppen sei, wollte ich wissen.

Ganz einfach, verriet mir der Kommissar. Viel fehlte nicht und er hätte vor Begeisterung in die Hände geklatscht.

Bei nahezu 90 Prozent aller Tötungsdelikte handele es sich um Beziehungstaten. Dass der Gerichtsmediziner bei der Obduktion keine charakteristischen Abwehrspuren entdeckt habe, spreche auch in diesem Fall dafür. Schon sein Instinkt verrate ihm: Täter und Opfer hätten sich gekannt. Sich möglicherweise sogar sehr nahe gestanden. Deshalb wäre der zu untersuchende Personenkreis weitaus kleiner als seinerzeit in Großbritannien. Kurzum: Die Ermittlungen würden schnell zur Ergreifung des Schuldigen führen.

Sie würden in der Familie damit anfangen.

xt_factory. Früher ein Bollwerk industrieller Effizienz, heute verrottet. Ich schleiche durch das Halbdunkel. Zerfressen von Rost, streckt sich eine Maschine nach der Decke. Von Bedienungshebeln, dick wie Unterschenkel, blättert Lack ab. Das Glas vieler Anzeigetafeln ist zersplittert. Achtung, bloß nicht auf die Scherben treten!

Mit dem Rücken an den Stahl gepresst, umrunde ich die Maschine. Laufe geduckt weiter. In aberwitzigen Windungen ziehen Fließbänder durch mein Sichtfeld. Sie stehen still. In Bewegung bin nur ich. Und natürlich ==headshot==. Wo auch immer er sich gerade in Position bringt.

Sichtschutz. Ich gehe hinter einer hydraulischen Presse in die Hocke. Lausche. Schon das leiseste Geräusch vermittelt wichtige Informationen. Du kannst so im heftigsten Kampfgeschehen den Überblick behalten – selbst dann, wenn du die Hand nicht mehr vor Augen siehst.

Ein Knattern. Hervorgepresst von einem alten Generator. Der Sound ist mir vertraut. Denn ich bin hier groß geworden. Zwischen den grob verputzten Ziegelsteinmauern der heruntergewirtschafteten Maschinenfabrik habe ich meine ersten Schüsse als Gamer abgegeben.

Es ist wieder still. Aber das ist nur die Ruhe vor dem Sturm. Ich nutze sie, um einen Schluck zu trinken.

25 MINUTEN, 40 SEKUNDEN.

Der Bus war gerammelt voll. Schüler aus allen Jahrgängen standen sich im Gang auf den Füßen. Einige Mädchen hatten sich zu dritt auf die Sitzbänke gequetscht. Im ganzen Bus war nur noch ein einziger Platz frei: neben mir.

Lebhafte Gespräche. Die Schule war aus, und jetzt ging es nach Hause. Nur nicht für mich. Ich war nämlich auf dem Weg zu Michaels Apartement. Für ==headshot== Munition klar machen. Er hatte mir eine Frist gesetzt, und wenn ich nicht in Handschellen aus dem Haus meiner Eltern geführt werden wollte, musste ich mich beeilen.

Die Haltestelle. Ich stand auf, kämpfte mich durch das Gedränge. Sie machten mir nur widerwillig Platz. Als sich der Bus in die Kurve legte, passierte es: Ich verlor das Gleichgewicht. Stolperte, die Hände schützend ausgestreckt, gegen ein Mädchen. Fühlte Haut, viel davon, weich und nachgiebig. Das Mädchen quiekte, der Bus hielt. Sorry, murmelte ich.

Die Tür zischte. Marcel, der neben Laura im Gang stand, ebenfalls.

Wesseling habe seine Triebe nicht im Griff. Ätzte er. Und der Lustgewinn wäre ja mal wieder so was von einseitig ...

Okay, das war komisch. Zumindest für die Umstehenden. Selbst Laura schüttete sich aus vor Lachen. Weniger witzig war jedoch die Aufforderung, meinem zügellosen Paarungswillen einen Riegel vorzuschieben. Denn das nahm man wörtlich.

Sicherheitsgewahrsam!, skandierte der Bus. Sicherheitsgewahrsam! Starke Hände, das Ergebnis exzessiver Workout-Orgien mit dem Fingertrainer, umfassten von hinten die Riemen meines Rucksackes. Hielten mich fest. Ich zappelte. Weiter brachte mich das nicht. Mädchen strömten vorbei, lachten mich aus und liefen ins Freie. Nur ich kam keinen Meter voran. Dann ein sattes Schmatzen: Die Türen schlossen sich wieder.

Der Bus fuhr weiter. Unerträglich langsam. Die Kilometer zogen sich hin. Kurz vor der Endstation ließen mich die Pranken, es waren Yannicks, endlich los. Ich taumelte auf den Bürgersteig. Sah auf die Uhr. Zwanzig nach zwei. Damit war ==headshots== Ultimatum seit mehr als einer Viertelstunde abgelaufen. Ich rannte den ganzen Weg zu Michaels Wohnung. Durch Vororte, Einkaufsstraßen und ein Gewerbegebiet. Im Laufen tippte ich, mit brennenden Stichen in der Seite, ==headshots== Nummer in mein Handy. Besetzt. Ich wählte noch mal. Wieder dieses Tuten.

Ich wusste genau, mit wem er gerade telefonierte.

Bier ist neben zwei leistungsstarken Rechnern und einem achtadrigen Twisted-Pair-Kabel die wichtigste Voraussetzung für eine gute LAN-Party. Meint jedenfalls ==headshot==. Deshalb hat er zwei Sixpacks mitgebracht.

Schnelle Reflexe, maximale Konzentration – beides brauchst du zum Überleben. Ich hänge mir trotzdem das Becks an den Hals, das ==headshot== mir hingestellt hat. Er selbst hat schon ein paar Flaschen im Schädel. Ich habe seine Fahne gleich gerochen. Für ==headshot== ist das nicht weiter ungewöhnlich. Er ist sogar mal besoffen zu Sozialkunde gekommen. Montagmorgen, erste Stunde!

Zwei Rechner zu einem lokalen Netzwerk verbunden. Und ein Kumpel, mit dem du die Nächte durchzockst. Das wünsche ich mir schon lange. Dumm nur, dass ==headshot== nicht gerade der Typ ist, den man gern um sich hat. Aber wie steckst du das einem, der in der Hälfte aller Discos striktes Hausverbot hat?

Okay, ich habe höllische Angst vor ==headshot==. So wie alle. Aber es gibt noch einen Grund, weshalb ich ihn nicht hier haben will. Bei mir zu Hause. Die Wahrheit ist: Ich hasse den Arsch. Seit über fünf Jahren und mehr als jeder andere. Ihm geht es andersherum wohl genauso. Seine Begrüßung: «Wenn du mich absichtlich gewinnen lässt, gibt's auf die Fresse!»

Das hätte ich sowieso nicht getan. Ein SEAL hat nur eine Option: den Sieg. Dafür gibt er, falls sein Auftrag das erfordert, sogar sein Leben. Er kann nicht anders: Es liegt in seiner Natur.

==headshot== hatte von der ersten Sekunde an keine Chance. Als das zerbrochene Glas unter seinen taktischen Einsatzstiefeln knirscht, ist die Mündung meiner Waffe bereits auf ihn gerichtet.

26 MINUTEN, 12 SEKUNDEN.

Michael hat mir erzählt, dass ein Samurai sein Schwert nie unbenutzt zurück in die Scheide steckt. Ist die Klinge erst einmal gezückt, muss Blut fließen.

Was er damit meinte, wurde mir erst klar, als mein Messer wie Butter durch die Magengrube glitt. Von unten nach oben. In Richtung Herz. So wie Michael es mir gezeigt hat. Ich führte den Stoß aus, ohne nachzudenken. Reflexe halten dich am Leben. Dafür können sie das von anderen beenden: Ich traf die große Hohlvene. Schäumende Fontänen. Der Tod kam schnell.

+forward

Michael bewahrt die Munition außerhalb des Waffenschranks auf. Ganz nach Vorschrift. Mir würde mehr als genug Zeit bleiben, das Schloss seiner untersten Schreibtischschublade zu knacken. Dachte ich jedenfalls. Mein Geburtstag, der Tag der Operation ›Mathias-rächt-sich-an-fünf-Arschlöchern-und-der-ganzen-Welt‹, würde erst in zwei Wochen sein. Bis dahin würde Michael auf Teneriffa bunte Cocktails schlürfen.

Dann erpresste mich ==headshot==, und die Ereignisse überschlugen sich. Plötzlich war mein ganzes Vorhaben in Gefahr. Die Macht, der Ruhm, die Rache – einfach alles. Als ich Michaels Wohnung betrat, war ich extrem angespannt. Zum Aufbrechen der verschlossenen Schublade hatte ich das SOG SEAL Knife mitgebracht – offizieller Ausrüstungsgegenstand der am meisten gefürchteten Elite-Einheit der Welt. Ich hielt es in der Hand, als ich jemanden hinter mir spürte. Heißer Atem in meinem Nacken. Ich reagierte sofort.

Es ist ein intimer Moment, wenn der gegnerische Kopf in deiner Visierung auftaucht. Zunächst klein und ungeheuer verletzlich, gewinnt er schnell an Kontur. Bis ihn die abgeflachte Oberkante des Balkenkorns zerschneidet.

==headshot== huscht von Schatten zu Schatten. Schon nach einigen Metern ist er mit dem Halbdunkel verschmolzen. Ich bleibe trotzdem dran. Einfach ist das nicht. Denn ==headshots== Kopf zappelt in meiner Visierung: Er will möglichst wenig Angriffsfläche bieten.

Um deinen Gegner mit einem einzigen Kopfschuss zu eliminieren, musst du ihm die Kugel exakt zwischen die Augen setzen. Nur wenige Fingerbreit oberhalb der Nasenwurzel. Jedenfalls dann, wenn du keine SWM – die Distanzwaffe mit der größtmöglichen Durchschlagskraft – in deinen Händen hältst.

Wieder knarzt es. Der alte Generator. ==headshot== fährt herum. Sein Blick irrt durch den Raum. Das ist mein Moment. Als ich abdrücke, erkenne ich die Ironie. Ausgerechnet ==headshot==, der unangefochtene Meister des zielgenauen Kopfschusses, fällt einem Heady zum Opfer. Wie er wohl darauf reagiert?

==headshot== explodiert.

27 MINUTEN, 5 SEKUNDEN.

Feindsichtung. «Erbarmen, bitte!», schreit der vor mir auf dem Flur liegende Typ. Nicht mit seinem Mund, sondern mit den Augen. Schade, dass man sie ihm schließen wird. Damit sie nichts von den letzten Sekunden seines Lebens verraten.

Dieser Ausdruck – halb Schmerz, halb Hilflosigkeit – wo habe ich den schon mal gesehen? Ach, jetzt fällt es mir wieder ein: jeden Morgen im Badezimmerspiegel.

Der Typ muss bei der Flucht gestürzt sein. Sonst wäre er schon lange nicht mehr hier und würde mit verzerrtem Gesicht sein Bein umklammern. Keiner hat ihm geholfen. Sie sind einfach über die am Boden liegende Gestalt hinweggestiefelt.

Die Qualität einer Freundschaft offenbart sich erst im Gefecht. Ein SEAL weiß das.

Als Berichte über den Mord die Nachrichtenkanäle rauf und runter flimmerten, erhöhte ==headshot== den Druck. Wir wüssten wohl beide, wer die tödliche Klinge geführt habe. Wenn er die versprochene Munition nicht spätestens am darauffolgenden Tag in den Händen halten würde, bekäme die Polizei einen anonymen Tipp.

Damit wäre nicht nur meinen Absichten ein Riegel vorgeschoben, sondern auch meiner Freiheit. Nach meiner Entlassung in 20 Jahren könnte ich ja einen zweiten Anlauf unternehmen. Es gäbe bestimmt mal ein Klassentreffen ...

+look down

Ich stelle mich über den Typen am Boden. Mobilität ist die entscheidende Voraussetzung, um kampffähig und damit am Leben zu bleiben. Das wird er gleich lernen. Viel anfangen kann er mit dem neu gewonnenen Wissen dann allerdings nicht mehr.

«Mein Alter ist ein hohes Tier bei Gericht ... du, ich sorge dafür, dass er sich bei seinen Freunden für dich einsetzt.»

Das Spiel der Erwachsenen. Mein Auto! Meine Golfpartner! Mein Schwanz! Wo hat dieser Zehntklässler das bloß gelernt? Natürlich bei Daddy! Ich habe es deutlich vor Augen. Papa, der seinen Sprössling nach dem dritten Glas Chianti beiseite nimmt.

So, Sohn! Heute verrät dein alter Herr dir, wie du es im Leben zu was bringst. Du willst doch mal eine fette 8-Zylinder-Karre fahren, im Restaurant als Erster bedient werden und dir ein kostspieliges Superweib leisten können – so wie ich mir deine Mutter?

Au ja, Papa!

«Er wird alte Gefälligkeiten einfordern. Bestimmt schicken sie dich dann nicht in den Knast, sondern in eine dieser Luxus-Klapsen. In drei, vier Jahren belaberst du einfach die Psychofritzen, und schon bist du wieder draußen!»

Ich ziehe dem Schnösel den Lauf – das ultraleichte High-Tech-Polymergriffstück wäre kaum schmerzhaft genug – durchs Gesicht. Es kracht. Hallo, Nasenbein. Hallo, Mathias.

«Fuck! Du verschenkst gerade deine letzte Chance.»

Und du hattest nie eine. Die Stimme des Schnösels klingt seltsam gedämpft. So als hätte er sich auf Papas Yacht eine lästige Erkältung zugezogen. Das liegt an der gebrochenen Nase. Sie blutet mehr als die meisten Durchschüsse, die ich heute gesehen habe. Und das waren einige.

«Lass mich leben, und du hast einen mächtigen Verbündeten an deiner Seite!»

Den gibt es bereits. Vielleicht ist ==headshot== verrückt. Aber außerdem ist er noch etwas: bewaffnet. Du kannst dir ja mal von einem Irren mit SIG Sauer in der Hand erklären lassen, was Macht wirklich bedeutet.

«Komm, wir rufen Papa gleich jetzt an!»

Ich brauche deinen Daddy nicht. Denn du gibst mir bereits alles, was ich von dir will. Es sprudelt gerade aus deiner Nase.

Es hat keine 5 Minuten gedauert, mein Leben zu zerstören. Die Rache dafür dauert länger. Aber nur auf der Uhr. Gefühlt ist die Zeit gleich.

Natürlich könnte ich den Typen verschonen. Besonders ehrenvoll ist es nicht, einen Verwundeten zu besiegen. Auf der anderen Seite: Jede Leiche mehr ist ein Risiko weniger. Nachsicht kann dich schnell das eigene Leben kosten.

Was Leutnant Michael P. Murphy und seinen Jungs in Afghanistan widerfuhr, ist dafür das beste Beispiel.

85 Kilos zappeln in der Luft: ==headshot== hat mich am Gürtel gepackt. Seiner gelassenen Stimme ist die Anstrengung nicht anzumerken, als er sagt: «Hab' ich wohl vergessen zu erwähnen – ich bin ein schlechter Verlierer!»

Darwinismus pur. Mentale Stärke, geistige Überlegenheit? Kannst du dir ein Ei drauf backen, wenn deine Füße zwanzig Zentimeter über dem Boden baumeln!

Da schicken wir Bibliotheken durch Glasfaserkabel, entschlüsseln DNA-Codes wie Kreuzworträtsel und erwecken weiße Leinwand mit wenigen Pinselstrichen zum Leben. Doch direkt hinter der Fassade von Kultur und Wissbegierde brodelt die Gewalt. Selbst in unserer von technischem Fortschritt und kreativer Entfaltung geprägten Zeit zählt letztlich nur eines: ein ordentlicher Wumms! Stark macht Schwach platt. So einfach ist das.

Welche Rolle mir dabei zukommt, steht leider schon fest.

Schmerz jagt durch mein Steißbein: ==headshot== hat mich fallen lassen. Ich finde mich auf dem Rücken wieder. Ein fetter Käfer, der zappelnd die Beine nach oben streckt.

Aus dieser Perspektive wirkt selbst das Vertraute fremd. Mein Schreibtischstuhl, dessen Rollen jetzt in die Luft ragen. Die Bücher im Regal, fast alle über Tiere. Poster von Opfermond und Deathglow verdecken Buntstiftgekritzel an der Schranktür. Das habe ich dort mit acht hinterlassen.

Im Dämmerlicht der Monitore sieht ==headshots== Gesicht noch lebloser aus. Nur dieser Ausdruck von Grausamkeit, der immer in seinen Augen liegt, lässt das Höllenfeuer erahnen, das in dem Wahnsinnigen lodert. Ob die Schläge sehr weh tun? Ich will nicht heulen!

==headshot== reißt mich wieder auf die Füße. Ein kräftiger Stoß – und schon knalle ich gegen die Kommode. ==headshot== kommt auf mich zu. Lässiger Gang, fast schlendert er. Ich schmecke Blut. Dann steht plötzlich jemand neben mir. Aus dem Nichts kommend, kämpft er an meiner Seite. Zielgerichtet, hochkonzentriert und bis zum totalen Blackout.

Das Nächste, was ich wieder weiß, ist, dass eine Schublade meiner Kommode offen steht. Und viper_666 die Glock, die ich dort versteckt habe, auf ==headshot== richtet.

27 MINUTEN, 48 SEKUNDEN.

Kalte Hölle. Östlich von Asadabad abgesetzt, kämpft sich eine Handvoll SEALs durch schroffe Berge nahe der pakistanischen Grenze. Sie sollen den legendären Taliban-Führer Ahmad Shah lokalisieren. Ringsum Felswände. Es ist eine gefährliche Operation, und nur einer aus der Gruppe wird sie überleben.

Als die SEALs überraschend auf Schäfer treffen, beraten sie sich. Müssen sie die unfreiwilligen Zeugen ihrer Mission liquidieren? Leutnant Michael P. Murphy entscheidet sich dagegen. Ein tödlicher Fehler! Denn kaum freigelassen, verraten die Schäfer Murphy und sein Team.

Über 30 Taliban fallen über gerade mal vier SEALs her. Schweres Feuer von mehreren Seiten. Weitere Gotteskrieger stoßen hinzu. Der Beschuss gewinnt weiter an Stärke. Projektile zerreißen Haut. Bald ist jeder aus der Gruppe verwundet. Murphy springt auf. Er will Unterstützung anfordern. Doch das geht nur per Funk, von einer höheren Position aus. Also: Raus aus der Deckung! Er kommt nicht weit.

Auch Matthew G. Axelson, Sonar Technician, und Danny P. Dietz, Gunner's Mate 2nd Class, fallen. Gleißendes Licht. Die Explosion einer in seiner Nähe einschlagenden Rakete fegt Hospital Corpsman Marcus Luttrell den Abhang herunter. Schwärze. Mit drei Wirbelbrüchen, einer Schusswunde und unzähligen Splittern im Leib kommt er wieder zu sich. Trotz schwerster Verletzungen schafft es Luttrell, sich zu verstecken und sich dann in ein nahegelegenes Dorf zu retten.

45 Minuten dauert das Überzahlgefecht. Teurer kann man seine Haut nicht verkaufen. Drei Erkenntnisse habe ich daraus mitgenommen.

Erstens: Trainiere ständig. Das hat die U.S. Navy SEALs zu den zähesten Hunden unter der Sonne gemacht. Zweitens: Sei mutig, und der Respekt ist dir sicher. So wurde Leutnant Michael P. Murphy posthum mit der Medal of Honor geehrt – höchste Auszeichnung der US-Streitkräfte. Die Navy plant sogar, einen Zerstörer der Arleigh-Burke-Klasse nach ihm zu benennen.

Tapfer, das war ich auch. Mehr als fünf Jahre lang. Dennoch wird die Schule nach meinem immer näher rückenden Tod wohl kaum Mathias-Wesseling-Gymnasium heißen. Obwohl ich das weiß Gott verdient hätte.

+fire

Drittens: Ficke sie alle. Sonst bist du der Gefickte.

«Bleib sofort stehen!» Die Worte kommen aus meinem Mund. viper_666 – war er wirklich hier? – hat sich verpisst. ==headshot== geht weiter.

«Glaub' mir, ich schieße!»

Ungerührt pflanzt sich ==headshot== vor mir auf: «Das bringst du nicht, Wesseling.»

Ich drücke ab. Es ist Reflex. Klick. Natürlich, die Glock ist ungeladen. Ich ziehe noch mal durch. Klick. Das könnte ich mir sparen. Aber ich weiß nicht, was ich sonst tun sollte. Klick.

«Wo ist die Munition für das Ding?»

==headshot== drängt an mir vorbei. Die Glock liegt jetzt in seiner Hand. Er hat sie mir so beiläufig entwunden, dass es kaum weh getan hat. Der Inhalt der Schublade, aus der ich die Pistole herausgerissen habe, landet auf dem Boden: ein Matheheft, das Ersatzmagazin und der Schlüssel zu Michaels Wohnung. Keine Munition. Aber dafür ein Foto.

==headshot== betrachtet seine Klassenkameraden. Die mit Gesicht und die ohne. Er selbst ist nicht auf dem Bild. Wahrscheinlich weil sich keiner getraut hat, ihm Bescheid zu sagen.

Als ich mich auf ihn stürze, hält er das Foto mit ausgestreckten Armen über sich.

Ich springe hoch. Es muss lächerlich aussehen. Ein Kind, das an den Lutscher seines großen Bruders will. Null Chance.

«Was ist hier los?» Mein Vater, alarmiert von dem Lärm, steht in der Tür. «Alles in Ordnung, Mathias?»

Die Angst steht ihm ins Gesicht geschrieben. Das ist verständlich. ==headshot==, der Papa um volle zwei Köpfe überragt, wirkt alles andere als Vertrauen erweckend.

==headshot== sieht mich mit aufrichtiger Neugier an. Keine Ah-

nung, wohin er die Glock so schnell hat verschwinden lassen. Er genießt die Situation.

Mein Blick wandert zwischen dem Foto in ==headshots== Hand und Papa hin und her. Zwei Finger decken die ausgekratzten Gesichter ab.

Ich öffne den Mund, schließe ihn wieder. Lutsche mir das Blut von der Lippe.

Und halte die Klappe.

00:28:13

Weiter, bloß in Bewegung bleiben! Ein Ziel in Bewegung ist schwer zu treffen. Zweimal links, dann rechts, links und wieder rechts – und schon gehört die nächste Zielperson mir. Sie kann nur im Physikraum oder in der Aula sein. Sonst läuft sie ==headshot== ins Feuer.

+left

Der Weg zum hinteren Teil der Schule kostet mich maximal 4 Minuten und 12 Sekunden. Ich habe die Zeit mehrfach gestoppt. Vorbereitung ist alles. Je mehr du im Frieden schwitzt, desto weniger blutest du im Krieg. Klare Sache, oder?

Neben einer sorgfältigen Planung und deiner Treffsicherheit hängt der Erfolg einer Mission vor allem von einer umfassenden Level-Kenntnis ab. Deshalb habe ich kf_school zu meinem zweiten Zuhause gemacht. Ich kenne diese Map bis in den letzen Winkel. Selbst ein kleiner Mauervorsprung kann in einem Gefecht den Unterschied zwischen Leben und Tod bedeuten. Vor allem dann, wenn du es mit Campern zu tun hast.

Die Taktik dieser Feiglinge ist einfach, aber bewährt. Zunächst lässt sich der Camper hinter die Sturmspitze zurückfallen. Während sein Team vorn an der Front um jeden

Meter kämpft, versteckt er sich – meistens in einer finsteren, schwer einsehbaren Ecke. Abseits der Angriffslinien lauert er in der Dunkelheit. Geil darauf, einen risikofreien Kill einzusacken.

Die Chancen dafür stehen gut. Denn der Camper kennt nicht nur deine exakte Position, sondern verfügt darüber hinaus über eine deutlich höhere Feuerstärke. Die SWM, die Strategic War Magnum, ist seine bevorzugte Waffe. Das distanzstarke Offensivgewehr verfügt über zwei leistungsfähige Zoom-Modi und erreicht in Ruhelage eine Zielgenauigkeit von nahezu 100 Prozent. Die Durchschlagskraft ist ernorm: One-Shot-One-Kill. Da machst du nichts.

+left

Liegt der Reiz denn nicht gerade darin, die unmittelbare Nähe zum Feind zu suchen? Ich selbst kann jedenfalls gar nicht dicht genug an meine Gegenspieler rankommen! Geschickt schlängele ich mich durch ihre Reihen, so lange, bis ich das Weiße in ihren Augen sehe. Dann stoße ich zu. Unerwartet. Erbarmungslos. Schnell wie eine Schlange!

Ein SEAL ist in der Lage, lautlos zu töten. In Vietnam drangen die Jungs nachts in Dörfer ein. Kleine schlagkräftige Trupps, nicht mehr als jeweils acht Mann. Die Bauern nannten sie *Geister aus dem Sumpf.* Wegen der grünen Tarnfarbe in den Gesichtern. Und ihrer Taktik. Ein Messer macht keinen Lärm.

Ausweitung der Kampfzone. Einer im Kapuzenpulli hastet vorbei. Auf seiner Brust ist ein schwarzer Totenkopf aufgedruckt. Na, das passt doch! Der Typ ist schnell, aber ich bin schneller.

Im Sturm findet der Kontakt mit dem Gegner aus der Bewegung heraus statt. Der Schuss erwischt ihn, bevor er um die Ecke ist. Er bricht zusammen. So ist das im Gefecht: Du rennst, du kämpfst, du ziehst den Kopf ein – und manchmal fällst du eben um.

+forward

Mal sehen, wer von uns mehr plattmacht. ==headshot== steht strategisch günstiger, aber ich schieße besser. In der Ladder, dem Ranking von U.S. SEAL COMMANDO™, bin ich zwei Plätze über ihm gelistet.

Vor rund drei Jahren kam die erste Beta-Version als Download heraus. Unter dem Ansturm der Zugriffe brach der Server zusammen. Auftakt zu einem Siegeszug, der seinesgleichen sucht. Im Handstreich eroberte das Game die internationalen Märkte – befeuert von dem Gerücht, dass die amerikanischen Streitkräfte damit systematisch Tötungshemmungen abtrainieren.

Ob das stimmt oder nicht: Heute ist U.S. SEAL COMMANDO™ unangefochten der am meisten gespielte Online-Shooter aller Zeiten.

Der im Kapuzenpulli bewegt sich noch. Wie kann das sein? Dem fehlt doch das halbe Gesicht! Ich trete näher an den Sterbenden heran, und schon spuckt die Glock zwei weitere Patronenhülsen auf den Boden.

Bomb the village
Kill the people
Throw some napalm in the square
Do it on a Sunday morning
Kill them on their way to prayer

Neben Ehre und Treue zählt Mut zu den wohl herausragenden Tugenden der SEALs. Für ihre eindrucksvolle Tapferkeit auf den Schlachtfeldern Vietnams wurden die Jungs mit über 50 Silver Stars ausgezeichnet. Respekt!

Ring the bell inside the schoolhouse
Watch the kiddies gather round
Lock and load with your 240
Mow them little motherfuckers down

Das Gezappel hat aufgehört.

Levitation. Gute Reise, Kamerad! Ab jetzt verfolgst du das Geschehen im Schwebe-Modus. Wie ein unsichtbarer Geist. Um deinen Tod zu rächen. Fieberst der nächsten Runde entgegen. Nur dass es die heute nicht geben wird.

Ich wollte die Sache erst allein durchziehen. Aber ich habe erkennen müssen, dass ich noch jemanden brauche. Auch damit der zweite Notausgang blockiert ist.

==headshot==, der sich das Wort ‹Killer› auf die Innenseite seiner Unterlippe tätowiert hat. ==headshot==, der am Hinterausgang des Hamburger Hauptbahnhofs eine Schusswaffe klar machen wollte. ==headshot==, der leider der Einzige ist, der sich nach dieser Sache in Schleswig noch mit mir abgibt. Scheiß-Klassenfahrt!

Am dritten Tag sollte die Party stattfinden. Im leer geräumten Speisesaal der Jugendherberge. Auf diese Chance hatte ich lange gewartet. Mutig wollte ich sein. Wenigstens einmal in meinem Leben. Das Schicksal, anders als mein Alter, selbst in die Hand nehmen. Das tollste Mädchen der Welt küssen!

Stattdessen kam dieses Video. Die haben es ins Internet gestellt, gleich am nächsten Morgen. Noch bevor ich die Koffer ausgepackt hatte, war meine Visage auf YouTube zu sehen. Und leider nicht nur die ...

==headshot== war mal so was wie mein Mentor. Zunächst unfreiwillig. Ich habe mich einfach an ihn gehängt. Jede seiner Bewegungen genau beobachtet und meine Feuerkraft auf seine Ziele gelenkt. Ergründet, wie er Gefechtssituationen bewertet. Er dagegen hat mich ignoriert – selbst dann, wenn ich durch seine Feuerlinie gelaufen bin.

Als ich vorschlug, welche aus der Schule auszulöschen, war ==headshot== schnell Feuer und Flamme. Er konnte meinen Argumenten einfach nichts entgegensetzen. Ich erzählte ihm von meiner Abschussliste. Sie dürfen mich erst dann ins Fadenkreuz bekommen, wenn ich die bis zum letzten Eintrag abgearbeitet habe. Auf den freue ich mich nämlich ganz besonders ...

==headshot== sagt, er braucht keine Liste. Voll im Death-Match-Modus, der Typ. Meinte, dass er einfach so viele mitnehmen würde wie möglich. Verdient hätten die es alle. Damit hat er Recht.

+forward

Am Ende des Flures liegen zwei Fotzen. Sie haben ihre Körper auf den Boden gepresst, um wenig Angriffsfläche zu bieten. Ich gebe ein paar Schüsse in ihre Richtung ab. Es ist unwahrscheinlich, dass ich von hier aus treffe. Kurzwaffen wie die Glock entfalten ihre Stärken vor allem auf geringen Distanzen. Aber vielleicht habe ich ja Glück. Die beiden sollen verrecken. Denn sie liegen auf meinen Punkten.

Jedes neue Clan-Mitglied wird auf die Probe gestellt. Drei harte Monate lang. Danach entscheidet das Team gemeinsam, ob man genug Skills hat. Ich wollte lernen. So schnell wie möglich, so viel wie möglich. Das hat sie alle überzeugt. Na ja, jedenfalls *fast* alle. ==headshot== sprach sich gegen meine Aufnahme aus.

Augen auf den Boden – das gibt Sicherheit! Ich habe das schon früh kapiert. Wenn du nicht aufsiehst, treffen dich ihre Blicke nicht. So einfach ist das.

Wie viele Male habe ich das Muster auf dem elastischen Bodenbelag des Schulflures betrachtet? Ich weiß es nicht mehr. Aber fest steht: Es war oft. Sehr, sehr oft. Die Punkte, die sich unter meinen Füßen zu einem Mosaik zusammenfügen, sind bunt. Fröhliche Farben für eine fröhliche Atmosphäre.

+left

Womit habe ich mir den Respekt von ==headshot== verdient? Keine Ahnung. Vielleicht habe ich ihm mal das Leben gerettet. Oder einen Gegner in überlegener Stellung ausgeschaltet.

Wahrscheinlicher ist jedoch, dass es keinen speziellen Auslöser gab. Ich gewann an Schnelligkeit. Von Woche zu Woche. Meine Bewegungen wurden flüssiger, die Schüsse präziser. Irgendwann war ich dann kein noob mehr, sondern ein Gewehr, auf das man zählen konnte.

Ein Schrei hallt durch den Flur: Eine der Kugeln hat ihr Ziel gefunden.

Rot ist für mich mehr als nur eine Farbe: Es ist ein Versprechen. Der Start-Screen von U.S. SEAL COMMANDO™ ist rot. Genauso das Blut meiner Gegenspieler. Auch Sex ist rot … glaube ich.

Manchmal trägt Laura einen roten Pulli. So eng der auch sein mag: Es ist das Rot, das Laura vor meinen Augen verschwimmen lässt – zu einem Engel. Wieso erhebt sie sich nicht einfach in die Lüfte? Flapp, flapp! Entschwebt dieser ganzen Scheiße hier mit einem zarten Flügelschlag ...

Ich zähle die roten Punkte. Es sind sieben, zwei mehr als die blauen. Gut so! Blau ist eine echte Scheißfarbe. Der Himmel ist blau. Die schwulen Schlümpfe. Und mein Alter ziemlich oft. Dann heult er 'rum, dass Mama ihn für ein Weichei hält. Ehrlich gesagt: Das tue ich auch. Wäre mein Alter eine Farbe, dann wäre er Grau.

Ich suche den Boden nach grauen Punkten ab. Natürlich sind da keine. Aber so kommt das Ende der Pause ein bisschen näher. Um noch ein paar Sekunden zu gewinnen, springe ich mit den Augen von Punkt zu Punkt. Von Rot zu Blau und wieder zurück. Mir wird ein wenig schwindelig.

Auf einmal dringen Stimmen an mein Ohr. Sie kommen schnell näher. Irgendein Typ ruft einen Namen. Etwa meinen?

29 MINUTEN, 8 SEKUNDEN.

Ob sich einer in den Toiletten verkrochen hat? Mir läuft die Zeit weg, aber ein Abstecher ist noch drin. Leise öffne ich die Tür. Der Vorraum ist leer. Über dem Waschbecken hängt ein Spiegel. Ich blicke hinein – direkt in das Antlitz von viper_666. Selbst im fahlen Schein des Neonlichts sieht er gefährlich aus. Kantiger Unterkiefer, ein Grübchen spaltet das Kinn. Seine Haare, die ich ihm heute Morgen im Bad meiner Eltern geschoren habe, lassen seine Gesichtszüge noch härter wirken.

+forward

+right

+forward

Ich betrete den Raum mit den Klokabinen. Trotz der schweren Militärstiefel gelingt mir das nahezu geräuschlos.

Na, was sehe ich denn da? Hier will wohl einer besonders clever sein! Hat extra nicht verriegelt, der Arsch, um mich zu täuschen. Aber seine Beine verraten ihn: Sie ragen unter der Kabinenwand hervor. Netter Versuch!

Ich gehe in die Hocke, ganz langsam, um meine Anwesenheit nicht frühzeitig zu verraten. Das Ziel befindet sich jetzt direkt vor mir. So dicht, dass ich die einzelnen Stiche der Hosennaht erkennen kann. Sie sind gelb und breit.

Ich ziele auf den linken Unterschenkel ...

... und viper_666 eröffnet das Feuer.

Er ist ein Killer. Der Beste der Besten. Er ist in der Hölle zu Hause – in brodelnden Sümpfen, giftigem Dschungel und glühenden Wüsten. Dort, weit hinter den Gefechtslinien, entfaltet er seine speziellen Fähigkeiten: Attentate, Hinterhalte, Sabotage. Er bringt den Tod. Das ist mehr als nur ein Job.

Nichts auf der Welt würde er lieber machen!

viper_666 richtet die Waffe etwas höher aus ...

... und ich drücke ein weiteres Mal ab.

Das Ziel knickt ein. Schreiend windet sich der Typ, der an dem Bein dranhängt, am Boden. Unsere Augen sind plötzlich auf einer Höhe. Starrt der mich etwa an? Ich hasse das!

Ich stecke den 114 Millimeter langen, kaltgehämmerten Lauf der Glock durch den Spalt zwischen Boden und Klokabine. Schiebe ihn nach vorn, bis er sich in etwas Weiches bohrt: Ich jage ein Projektil in das Auge.

Das Auge zerplatzt. Reste von dem, was eben noch komplexe visuelle Informationen erfasst hat, quellen aus der Augenhöhle und glitschen über das Gesicht. Der Typ reißt die Hände hoch, schlägt wild mit dem Kopf hin und her.

Ich treffe trotzdem das andere Auge. Blut sickert unter der Tür hervor. Ich sehe was, was du nicht siehst – und das ist ...

Rot ist wirklich mehr als nur eine Farbe!

Gelächter dröhnt durch den Flur, zurückgeworfen von den Wänden. Der Name fällt erneut.

Ich laufe los, doch das Gelächter heftet sich an meine Fersen. Da vorn, die Toiletten! Vier abschließbare Klokabinen: eine Bastion sanitärer Privatsphäre. Uneinnehmbar. Schutz, der bis zum Himmel stinkt. Aber scheiß drauf: Es ist meine Rettung!

Ich muss einfach über zweiundsiebzig Ansammlungen von farbigen Punkten laufen. So wie in der letzten Pause. Und in der davor. Wenn Rot, Blau und Grün aufhören, beginnen die Kacheln. Dann bin ich in Sicherheit.

Nur noch ein paar Meter! Ich gehe schneller. Die Punkte unter meinen Füßen werden zu Streifen. Trotzdem kommt das Gelächter immer näher. Vorbei am Mädchenklo. Jetzt habe ich es fast geschafft: Die Strichfigur mit den schmaleren Hüften prangt an einer Tür auf der gegenüberliegenden Seite.

Ich verliere kostbare Sekunden, als ich den Flur der Breite nach durchquere. Das Lachen treibt mich vor sich her. Ich renne. Wo bleibt die verdammte Tür? In leuchtenden Bahnen jagen meine Punkte über den Boden. Endlich – das Klo! Nie hat sich jemand mehr darüber gefreut, in einem Scheißhaus zu verschwinden. Das war knapp. Ich reiße die Tür auf – und stolpere direkt in die Arme von Marcel und Yannick.

29 MINUTEN. 58 SEKUNDEN.

Im Physikraum ist niemand. Sie müssen Hals über Kopf geflohen sein: An der Tafel steht eine halb gelöste Gleichung. Sie enthält zwei Unbekannte. Das gefällt mir. Denn auch auf den Fluren gibt es heute zwei schwer berechenbare Größen: ==headshot== und mich.

Ein einzelner Schuss peitscht durch die Stille. Komisch, er hört sich heller an als das Mündungsfeuer von ==headshots== SIG. Vielleicht hat die Entfernung den Klang aber auch nur verzerrt.

Ich verlasse das Klassenzimmer. Planmäßig erreiche ich mein drittes Primärziel. Die Aula ist wie leer gefegt. Aber nur auf den ersten Blick: Sie haben sich hinter den Betonsäulen versteckt. Genau wie erwartet. Damit manövrieren sie sich in eine taktisch überaus ungünstige Position. Ein in seinen Reaktionen vorhersagbarer Feind ist ein toter Feind.

Ich umrunde die Säulen und fasse die Glock fester. Ein kraftvoller Griff verbessert das Trefferbild. Deshalb habe ich meine Unterarmmuskulatur in den letzten Wochen systematisch trainiert. Mit Liegestützen und Kurzhanteln. Fett bin ich natürlich immer noch. Aber ich erreiche eine höhere Zielgenauigkeit. So wie jetzt ...

Beidhändiger Anschlag. Mein Körper steht mit der Brust zum Ziel, die Arme sind nach vorn ausgestreckt. Die Glock befindet sich auf Höhe des Brustbeins. Beide Beine stehen parallel, die Knie sind leicht, nicht zu tief, gebeugt. Es ist die klassische Schießposition – so perfekt ausgeführt wie in einem Lehrbuch für Marine-Infanteristen. Mann, wie gern würde ich mich jetzt selbst sehen!

We will teach you how to fight
We will show you all our might
You can run, but you can't hide
We will show you how to fight

Als viper_666 auf Arme, Beine und Körper feuert, laufen sie schreiend auseinander. Alle bis auf einen: Zu jeder Bewegung unfähig, klammert sich Marcel, meine dritte Zielperson, an eine Säule.

Schweigen. Marcel sieht mich an. Guckt rüber zu Yannick. Dann wieder zu mir. Die Fältchen um seinen Mund – gemeine, vertikale Striche – vertiefen sich. Ich weiß nicht, was ich sagen soll. Deshalb halte ich einfach die Klappe. Warte tatenlos ab, wie Marcel in seinem Kopf zur vernichtenden Attacke rüstet.

Ich vergrabe meine Hände in den Taschen. Die Sekunden vergehen. Sie riechen nach Pisse. Gern würde ich meinen Blick auf den Boden richten. So wie immer. Aber ich traue mich nicht.

Dort unten befinden sich 32 Bahnen mit jeweils 45 Fliesen. Meine Freunde. Ich habe schon viele Pausen mit ihnen verbracht. Sie sind hellbeige und nach Jahrzehnten im Schuldienst sichtbar abgestumpft. Sieben von ihnen haben sogar einen Riss. Ich könnte den Verlauf jedes Einzelnen nachzeichnen – mit geschlossenen Augen.

Marcel dreht sich zurück zu Yannick. Was hat der Arsch vor? Yannicks Gesicht verzieht sich zu einem Fragezeichen. Er ist neugierig. Beim Handball hat er die Muskeln spielen lassen, in der Fünf-Minuten-Pause seine Zunge in Sabines Hals gesteckt. Jetzt will der Champ unterhalten werden! Niemand kann das besser als Marcel …

30 MINUTEN, 26 SEKUNDEN.

Ein SEAL lässt niemals einen Kameraden zurück. Weder tot noch lebendig. Selbst dann nicht, wenn ihn das möglicherweise das eigene Leben kostet. Er würde für jeden seiner Jungs durchs Feuer gehen. Anders die Kumpels der Zielperson. Wie die Hasen jagen sie davon. Feiges Pack!

Alleinsein ist nicht besonders lustig, was Marcel? Dabei lachst du doch so gern. Und noch lieber reißt du selber Witze. Kennst du den schon? Also ...

Auf dem Dach eines Hochhauses findet ein Geheimtreffen der Superhelden statt. Als alle versammelt sind, stürzt sich plötzlich ein Teilnehmer in die Tiefe. In der Luft dreht er zwei formvollendete Loopings und landet wohlbehalten auf seinen Füßen.

«Gestatten? Ich bin Superman!», stellt er sich vor.

Ein weiterer Superheld tritt den Weg nach unten an. Auf silbernen Fäden gleitet er geschickt von Stockwerk zu Stockwerk. Unten angekommen, ruft er aus: «Mich nennt man Spiderman!»

Hunderte Meter höher wirft sich derweil ein dritter Teilnehmer in Pose. Mit stolzgeschwellter Brust macht er einen Schritt ins Leere – und plumpst wie ein schwerer Stein zu Boden. Als er mit zerschmetterten Gliedern auf dem Asphalt liegt, verkündet er triumphierend: «Und ich bin ein Superversager – und euch hab' ich alle verarscht!»

Aber Marcel, du lachst ja gar nicht! Wo ist denn dein Sinn für Humor geblieben? Hat dich der Typ aus dem Witz etwa an dich selbst erinnert? Na, da kann einem das Lachen natürlich schon mal im Halse stecken bleiben.

Tief in deinem Inneren weißt du nämlich ganz genau, was für ein erbärmlicher Loser du bist. Klar, du hängst mit ziemlich coolen Leuten ab. Aber soll ich dir mal was stecken? Für die bist du nichts weiter als der Klassenclown. Nur weil die sich über deine Sprüche wegschmeißen, stehst du nicht mit ==headshot== und mir in der Verliererecke.

Selbst Laura lacht über deine Scheiß-Witze. Dabei legt sie, Engel, der sie ist, sonst so viel Wert auf Tiefgründigkeit. Unter die Haut gehen deine Sprüche allerdings auch.

Wie musst du dir das Hirn zermartern! Tag für Tag. Damit sie dir nicht die Maske vom Gesicht reißt. Das ist harte Arbeit. Mein armer, armer Marcel.

Aber dein Einsatz hat sich gelohnt: Nie hat einer gemerkt, wie unsicher du bist. Dass du Anerkennung brauchst wie die Luft zum Atmen. Es gibt da nur ein winziges Problem: Die Bestätigung, die du einforderst, geht auf meine Kosten. Du machst *mich* zur Zielscheibe – und lenkst damit von deinen eigenen Schwächen ab. Ganz schön raffiniert! Und das alles nur, weil *dir* der Mut fehlt, ihre Spielchen auszuhalten.

+forward

Jetzt verrate ich dir mal was: Jemand, der keine Eier in der Hose hat wie du, soll verdammt noch mal auch pissen wie eine Fotze: aus einem Loch!

Ich schieße Marcel zwischen die Beine. Ein exzellenter Treffer – nie zuvor habe ich jemanden so schreien hören. Die Laute, die sich aus seinem Mund quälen, sind nicht mehr menschlich.

Einfach krass, was ein Deformationsgeschoss mit männlichen Genitalien anrichtet. Beim Auftreffen flacht es an der

Spitze ab und setzt so deutlich mehr Energie im Ziel um. In das Ergebnis kannst du vier Finger gleichzeitig reinstecken.

Mit tut nur Kessler, der Hausmeister, leid. Wenn der die ganze Sauerei hier allein wegmachen muss ...

Die Zielperson geht in die Knie. Da gehört sie auch hin!

Me and Superman got in a fight
I hit him in the head with some Kryptonite
I hit him so hard I busted his brain
And now I'm dating Lois Lane

Yannick, Jennifer – hey, die waren doch nur zum Warmwerden. Aber bei dir ... bei dir mache ich richtig ernst! Lustig, oder? Was schreibst du gleich noch mal, wenn du deine saukomischen Videos verschickst? Laughing out loud. *LOL*. Weißt du was, du Witzbold? Heute lache ich. *LOL*.

Mein Handy hat kein 3,5-Zoll-Breitbild-Display. Es verfügt auch nicht über eine komfortable Multi-Touch-Bedienung, um sich durch umfangreiche Video-Listen zu scrollen. Aber das ist nur halb so schlimm. Denn selbst wenn ich mal was aufnehmen würde: Wem sollte ich das schon schicken?

Du hast das iPhone, du machst die Filme. Und die bringst du unter die Leute. Übrigens in einer beachtlichen Qualität. Damit meine ich nicht nur die HD-Auflösung. Auch die Inhalte haben es in sich. Draufhalten, wenn einer so was richtig Peinliches abzieht – damit sind dir die Brüller der anderen sicher. Das wäre vielleicht auch was für mich gewesen. Blöderweise stand ich auf der anderen Seite der Kamera. Film ab!

Well, me and Batman, we had one too
I hit him in the head with my left shoe

Right in the temple with my left heel
And now I'm driving the Batmobile

Ich gehe um Marcel herum und setze den Lauf der Glock auf einen hervortretenden Nackenwirbel.

«Mathias ... ich kann das Video doch nicht ... ins Internet ...»

30 Sekunden Länge, rund 500 Zugriffe allein in der ersten Woche: Im Cyberspace war dein kleiner Film ein großer Erfolg. Klar, ich habe das sofort gemeldet. Ob der Inhalt unangemessen sei, wollten sie von mir wissen. Das fand ich schon. Tatsächlich wurde das Video sofort gesperrt. Aber da hatte es sich schon längst unkontrolliert verbreitet – bis in die letzten Winkel des World Wide Web.

«Sie haben mir das iPhone abgenommen. Erinnerst du dich? Noch am selben Abend!»

Ja, Marcel. Ich erinnere mich.

«Jetzt sag schon, glaubst du mir?»

Früher waren wir mal befreundet. Mit sieben ist Marcel beim Klettern vom Baum gefallen. Schwacher Ast, starkes Geheule. Hat sich ein Bein gebrochen. Ich habe ihn nach Hause geschleppt. Auf meinem Rücken. Mehr als zwei Kilometer weit.

Als ich abdrücken will, explodiert etwas direkt neben meinem Kopf: Ich werde beschossen!

Marcels Lippen zucken. Die Fältchen an seinen Mundwinkeln werden zu Gräben. Doch das Lächeln spiegelt sich nicht in seinen Augen wider. Es ist so falsch wie alles andere an dem Arsch. Nichts wie weg hier!

Ich weiche zurück. Meter für Meter arbeite ich mich nach hinten, bis sich etwas Kaltes in meinen Rücken bohrt: das Waschbecken. Die Kühle des Porzellans dringt durch mein T-Shirt. Oder ist das die lähmende Kälte, die heißer Panik vorausgeht? Wie auch immer. Ich habe keine Chance mehr, aus der Nummer hier rauszukommen.

Wortfetzen dringen durch die geschlossene Klotür. Sie kommen aus der Normalität. Dort gilt die große Pause als willkommene Auszeit von binomischen Formeln und Conditional II. Für mich ist sie ein 20 Minuten lang andauerndes Risiko.

Auf einmal schießt Marcels Kopf nach vorne. Etwas Feuchtes fliegt dicht an meinem Gesicht vorbei. Rotze. Einige Tropfen landen auf meiner Wange. Sie sind warm und klebrig.

Ein Lachen explodiert in Marcels Kehle. Er stößt Yannick in die Seite. Erntet ein anerkennendes Grinsen. Alphamännchen unter sich. Marcel deutet auf den weißlichen Schleim, der am Spiegel hinter mir herunterläuft.

«Sieh mal – Mathias war hier!»

32 MINUTEN, 35 SEKUNDEN.

Deckung rettet Leben. Das ist das Erste, was du lernst. Wichtig ist, ein bis zwei Armlängen Distanz zu halten. Der Abstand zum Objekt vergrößert dein Sichtfeld, sodass sich keiner unbemerkt heranschleichen kann. Außerdem verfügst du so über die erforderliche Bewegungsfreiheit, um dich zu verteidigen.

Ich werfe mich zu Boden und rolle über die linke Schulter hinter eine Säule. Ein zweiter Schuss peitscht durch die Aula. Betonbrocken regnen auf mich herab. Wer schießt da auf mich? Ich feuere zurück, seitlicher Anschlag links, und riskiere einen schnellen Blick. Ein Schatten huscht vorbei.

Die Augenblicke vor einem Gefecht sind die schlimmsten. Du weißt nie, wie viele es sind. Über welche Feuerstärke sie verfügen. Und aus welcher Richtung sie kommen. Zur Untätigkeit verdammt, kauerst du dich tiefer hinter deine Deckung. Deine Angst wächst. Sie zieht deine Därme zusammen, kriecht dein Rückgrat hoch, lähmt deine Gedanken.

Angestrengt lauschst du in die Stille. Doch alles, was du hörst, ist dein eigener Herzschlag. Und dann bricht die Hölle über dich herein.

Ein lauter Knall, ein heller Blitz. Alles geht ganz schnell. Rauch steigt auf. Dichte Schwaden hüllen mich ein. Und schon besteht die Welt nur noch aus Nebel.

Ich taste nach dem Stück von Yannicks Darm in meiner Tasche. In den letzten zwölf Minuten ist es so etwas wie mein Talisman geworden. Ich atme ein und wieder aus.

Mit der Glock im Anschlag erwarte ich den nächsten Angriff.

00:32:44

Ganz gleich, wie ausweglos die Lage auch ist: Ein SEAL streckt niemals die Waffen! Aufgrund seiner einzigartigen Härte und Leistungsfähigkeit kann er selbst einer gewaltigen Übermacht hohe Verluste abtrotzen. Petty Officer Neil Roberts hat das in Afghanistan eindrucksvoll bewiesen.

3:30 Uhr Ortszeit. Ein Helikopter des 160th SOAR jagt über das Shahi-Kot-Gebirge. An Bord: ein Aufklärungstrupp der US Navy SEALs.

Plötzlich brennt der Himmel: Der MH-47E Chinook steht unter massivem Feindfeuer. Beim Landungsanflug treffen mehrere RPG-7-Geschosse das Cockpit. Eine heftige Ausweichbewegung besiegelt Neils Schicksal: Er stürzt aus der Maschine. Drei Meter tief. Und landet mitten in einem Inferno.

Umzingelt von Talibanverbänden, kämpft Roberts am Boden um sein Leben. Und wie er kämpft! Nur mit Hilfe einiger Handgranaten und seiner M4 hebt er ein gut gesichertes MG-Nest aus. Er ist dabei ganz auf sich allein gestellt. Denn die schwere Beschädigung des Hubschraubers macht eine Rettung unmöglich. Als der Karabiner leer geschossen ist, setzt sich Roberts mit seiner Pistole zur Wehr. Er blutet aus zahlreichen Wunden. Bis zu seinem Tod hält er den vorrückenden Feind über eine Stunde lang in Atem.

Mal sehen, ob ich das auch schaffe!

Ich korrigiere das Fadenkreuz der Glock etwas nach oben. Im direkten Zweikampf entscheiden Bruchteile von Sekunden über Leben und Tod. Das ist der Grund, weshalb ich mich für die Glock entschieden habe.

Wir hätten auch jede andere Waffe aus dem Schrank meines Onkels nehmen können. Auswahl gab es schließlich genug. Aber die Glock bietet einen unschlagbaren Vorteil: Um ihre Handhabung zu vereinfachen, wurde auf manuelle Sicherungshebel und anderen Schnickschnack verzichtet. Das zahlt sich vor allem in Gefahrenmomenten aus. Dann, wenn es richtig schnell gehen muss. So wie jetzt.

Eine Gestalt stößt durch den Nebel. Sie ist von Kopf bis Fuß in Schwarz gekleidet. Genauso wie ich. Spezialeinheiten setzen auf die bedrohliche Wirkung dieser Farbe, um ihre Gegner einzuschüchtern. Der Pistolenmündung, die direkt zwischen meine Augen zielt, gelingt das allerdings weitaus besser.

Keine Ahnung, wo sich die Scharfschützen in Stellung gebracht haben. Um meine Deckungsmöglichkeiten zu minimieren, werden sie von verschiedenen Positionen aus auf mich feuern. Ich wette, sie nehmen just in diesem Moment meinen Hirnstamm aufs Korn. Ein Treffer dort führt zu sofortiger Handlungsunfähigkeit. Unmöglich, noch den Abzug durchzuziehen. Das hat mir Michael mitgegeben. Als ehemaliger Einzelkämpfer weiß er, wovon er spricht. Sie haben ihn perfekt trainiert. Trainiert, um zu töten. Dazu komme ich jetzt wohl nicht mehr.

Ich richte meine gesamte Aufmerksamkeit auf die schwarze Gestalt vor mir. Wir zielen aufeinander. Es ist besser, einen Gegner auszuschalten, als viele zu verwunden – und dann im Kreuzfeuer zu krepieren.

Es ist einfach unfair! ==headshot== und ich haben den Ablauf genau durchgespielt. Wieder und wieder. Wir trainierten Tag und Nacht. Vor der Schule, nach der Schule, statt Schule. Oft kamen wir auf nicht mehr als drei, vier Stunden Schlaf.

Natürlich hätten wir auf leistungsstärkere Waffensysteme setzen können. Das hätte die Sache ernorm vereinfacht. Aber wir wollten die heutigen Kampfhandlungen so exakt wie möglich simulieren. Deshalb habe ich mir aus dem High-Tech-Arsenal von SEAL COMMANDO™ ein Modell ausgewählt, das sich auch in Michaels Kellersammlung befindet: die Glock.

Auch ==headshot== hat zu dem virtuellen Gegenstück der Waffe gegriffen, die er sich über dunkle Kanäle aus dem Osten organisiert hat. Keine großkalibrigen Primärwaffen – mit nichts als einer Pistole in der Hand sind wir durch kf_school gestürmt!

Die anderen lernten für ein gutes Abi. Gingen feiern. Hüpften mit nackten Ärschen aufeinander rum. Nicht so wir! Wir erarbeiteten Angriffsvarianten. Optimierten Routen. Und übten das schnelle Einnehmen der Schlüsselpositionen.

Alles umsonst! Na ja, jedenfalls beinahe. Aus Yannicks Waschbrettbauch baumelt stinkendes Gedärm. Jennifers glattes Gesicht hat sich über die Elefantenhautwand des Medienraums verteilt. Und mit ein wenig Glück kratzt Marcel durch das Gemetzel ab, das ich zwischen seinen Beinen angerichtet habe. Ich glaube nicht, dass er den Treffer überlebt. Der Umfang eines aufgepilzten Deformationsgeschosses kann ein Mehrfaches seines ursprünglichen Kalibers betragen.

Doch was bringt mir das? Die entscheidenden zwei Leute auf meiner Liste leben noch. Ich kann das nicht mehr ändern. In einem Gefecht gibt es immer nur einen Sieger. Man muss den Tatsachen ins Auge sehen: Ich bin das nicht.

Aber diesen Typen hier – den nehme ich noch mit! Als ich den Finger krümme, lässt mein Gegenüber seine Waffe sinken.

Versetztes Vorrücken. Drei Gestalten schälen sich aus der Nacht. Als sie über den Sand huschen, decken sie sich gegenseitig. Eine Formation, die sich vor allem auf feindlichem Terrain bewährt hat. Wichtig ist, dass die Positionen weit genug auseinander liegen. Nur so hat jeder freie Schussbahn. Gleichzeitig muss der Grad der Abdeckung hoch sein. Sonst schlüpfen Gegner durch die Linien.

Man kann den Atem der Männer sehen: dampfende, hektisch ausgestoßene Wölkchen. Wenn die Sonne geht, kommt die Kälte. Willkommen in der Wüste!

Am Himmel zeichnen Leuchtspurgeschosse glühende Streifen in die Schwärze. Das sind die gefährlichen Momente. Denn die Finsternis bekommt Risse. Die drei Männer sind schon so gut wie tot.

Einer von ihnen bin ich.

35 MINUTEN, 2 SEKUNDEN.

Der beste Freund ist manchmal dein größter Feind. Friendly Fire. Der irrtümliche Beschuss der eigenen Teammates kann größere Ausfälle verursachen als der Gegner. Außerdem zieht er einen empfindlichen Punktabzug nach sich.

Eine SIG Sauer P226 – Double-Action-Spannabzug, 160 mm Visierlänge, schnelle Schussbereitschaft: Ich erkenne ==headshot== erst, als er die Waffe runternimmt. Sofort reiße ich meinen Arm zur Seite. Der Schuss geht ins Leere. Wenn auch nur sehr knapp.

Einer mit weniger Erfahrung hätte wohl draufgehalten. Aber dafür bin ich zu gut. Das Gleiche gilt für ==headshot==. In der Ladder, der Score List von U.S. SEAL COMMANDO™, steht er gerade mal zwei Plätze hinter mir. Ich hatte keine Wahl: ==headshot== musste heute einfach an meiner Seite sein.

High-Five. Wir tauschen einen Handschlag.

Es ist aus dem Nichts gewachsen. Ein bösartiges Geschwür mitten in der Wüste. Unaufhaltsam hat es sich ausgebreitet, die unwegsame Oberfläche aufgebrochen.

Vom Gipfel einer Sanddüne aus blicken wir auf sich in die Stadt hineinschlängelnde Schnellstraßen. Fensterlose Bauten ersticken in ihrem Würgegriff. Wuchernde Ausläufer unseres Operationsziels. Zeit, diese Eiterbeule auszubrennen!

Wir setzen uns wieder in Bewegung. Ich umklammere den Griff der MP4 fester. Die einfach zu handhabende Allround-Waffe zeichnet sich vor allem durch ihre hohe Treffsicherheit auf kurzen bis mittleren Distanzen aus. Zudem ermöglicht sie es, einen Gegner aus dem Laufen heraus mit Dauerfeuer einzudecken. Umkreise ihn, töte ihn!

Von erfahrenen Kämpfern als Anfängermodell verrufen, habe ich die Stärken der MP4 zu schätzen gelernt. Mit dieser Maschinenpistole in der Hand werde ich mich bis an die Spitze kämpfen. Ich habe es fast geschafft: Im Ranking von U.S. SEAL COMMANDO™ steht nur noch ein Teammate über mir …

Kurzer Blick nach links. An meiner Seite stürmt ==headshot==, der Clan-Leader, den Hügel hinab. Obwohl seine Stiefel tief im Sand einsinken, hält er das Tempo. Es gilt, keine Zeit zu verlieren. Bei der ersten Feindberührung entscheidet eine intelligente Verteilung der Positionen maßgeblich über den Sieg.

Ich bleibe in ==headshots== Nähe. Man muss sich an die Besten halten.

Nur wer von der Elite lernt, wird sie eines Tages übertreffen.

38 MINUTEN, 17 SEKUNDEN.

Was ist Wirklichkeit, was Virtualität? Mit einer ungeheuerlichen Realitätsnähe überschreitet U.S. SEAL COMMANDO™ Grenzen. Insbesondere die visuelle Umsetzung und das authentische Sound-Design schaffen ein völlig neues Spielgefühl.

Blätter rascheln. Grashalme wiegen sich im Wind. Am Himmel zwitschern Vogelschwärme. Und wenn du einem Typen den Unterarm wegballerst, winselt er zu deinen Füßen um Gnade.

Das ist High-Tech-Gaming! Flugbahn, Geschossgeschwindigkeit und Einschlagswinkel entsprechen den physikalischen Gesetzmäßigkeiten. Sogar der Schattenwurf der abgetrennten Gliedmaße ist exakt berechnet.

Fest steht: Wie kein zweiter Tactical Shooter vereint U.S. SEAL COMMANDO™ Brutalität und Schönheit. Mann, hier wird in der besten Grafik der Welt gekillt!

Danach geht es blutig weiter. Endlich mal getötete Gegner, die sich nicht nur kurz zusammenkauern und dann wie von Geisterhand vom Bildschirm verschwinden. Im Gegenteil.

Die Leichen haben offene Augen, starren dich an. Das gab's noch nie. Schießt du auf einen Toten, dann zuckt der. Dazu dröhnen die traditionellen Marschlieder der SEALs aus den Boxen. Spielt auf zum Tanz, Jungs!

Sturmspitze. Hier überlebst du nicht länger als ein Schneeball in der Hölle. Trotzdem will ich ganz vorn mit dabei sein. Denn dort lernst du einfach am meisten. Es heißt, Niederlagen würden einen weiter bringen als Siege. Was mich betrifft, so stimmt das.

Als Mann an der Spitze darfst du auf keinen Fall stehen bleiben.

Das habe ich begriffen. Egal, ob du noch das Zielfernrohr einer SWM, einer Distanzwaffe mit Furcht erregender Durchschlagskraft, ausfüllst oder schon aus tausend Wunden blutest. Du hältst sonst den ganzen Zug auf – und deine Einheit wird bis zum letzten Mann aufgerieben.

Die Stadt kommt schnell näher. Jetzt zeigt das Morgenland auch bei Nacht seine hässliche Seite. Klötze aus Beton strecken sich vor mir in den Himmel. Nur die Statue des lächelnden Diktators ist höher. Der aber hat seinen Glanz schon lange eingebüßt: Dauersmog macht selbst vor den Mächtigsten nicht halt.

Ich sehe über den Lauf, und die Welt reduziert sich auf die Meter unmittelbar vor mir.

Was zählt, ist dein Team. Der Erfolg der Mission ist wichtiger als das Ego des Einzelnen. Jeder ist für jeden verantwortlich. Als Einzelkämpfer kommst du sowieso nicht weit. Auch das habe ich schmerzlich lernen müssen.

Die Mündung meiner MP4 wandert über das Gelände. Tastet gezielt mögliche Gefahrenpunkte ab. Davon gibt es hier jede Menge.

Koordiniert dringen wir weiter vor. Ich gehe voran.

39 MINUTEN, 21 SEKUNDEN.

Less talk, more play. ==headshot== verliert weder Zeit noch unnötige Worte. Geübt darin, Informationen unter schwerem Feuer weiterzugeben, fasst er die Ereignisse knapp zusammen.

Bullen. Zwei. Keine perfekt trainierten Killermaschinen, sondern hundsgewöhnliche Streifenpolizisten.

Sie müssen durch Zufall in der Nähe gewesen sein. Gut möglich, dass sie die Helden spielen wollten. In einem Kaff wie diesem gibt es nur wenige Möglichkeiten, sich zu profilieren. Vielleicht hatten sie aber auch einfach nur Schiss, dass die Spezialeinheit bei ihrem Eintreffen nur noch einen Berg Leichen vorfinden würde – eine berechtigte Annahme. Und so sind sie auf eigene Faust reingegangen.

Einen von beiden hat ==headshot== erwischt. Sauberer Schuss. Heady trägt seinen Namen wirklich zu Recht.

Ein Körpertreffer hält den Gegner manchmal nur für Bruchteile von Sekunden auf, bevor er das Feuer aus allen Rohren erwidert. Anders ein Kopfschuss. Der sorgt ein für alle Mal für Ruhe.

Ein weiterer Punkt für ==headshots== Frag-Statistik, die das Verhältnis zwischen abgeschossenen Gegnern und verlorenen Leben ausweist – und doch ein schlechter Tausch. Denn um mich rauszuholen, musste er auf sichere Kills verzichten. Natürlich hatte er keine Wahl.

==headshot== ist ein SEAL. Es war eine Frage der Ehre.

Okay, die Scharfschützen sind also noch nicht vor Ort. So weit, so gut. Aber es gibt auch eine schlechte Nachricht: Irgendwo lauert der zweite Bulle. Auf den Fluren, in einem der

Klassenzimmer, vielleicht sogar unten im Heizungskeller. Mit dem Überraschungsmoment hat er die taktischen Vorteile allein auf seiner Seite. Was das für mich bedeutet, liegt auf der Hand.

Hinter einer der Ecken wartet der Tod.

Wo bleibt die Kugel, die meine Brust zerreißt? Ich reduziere das Tempo. Wer zu schnell vorrückt, zieht die Aufmerksamkeit auf sich.

Die Beleuchtung ist spärlich. Nur vereinzelt flackern Laternen. Doch das langt schon, um ein gutes Ziel abzugeben. Im Schatten heller Sandsteinbauten arbeite ich mich vorwärts. Meter für Meter.

Diese Stadt kennt den Krieg: Viele Gebäude liegen in Trümmern. Die Häuserzeilen sind so lückenhaft wie das Gebiss eines Greises. Ich umrunde eine vertrocknete Palme. Jederzeit bereit, das Feuer zu eröffnen.

Vor mir breitet sich ein Viehmarkt aus. *Tagsüber drängen sich hier Kamele und Schafe, Käufer und Händler. Jetzt, um null-dreihundert, ist der Platz jedoch ausgestorben. Von einigen Tränken abgesehen, bin ich deshalb ohne Deckung. Ich erreiche trotzdem die andere Seite.*

Je tiefer ich vordringe, desto stärker verändert die Stadt ihr Gesicht. Die Straßen werden enger, die Gebäude rücken zusammen. Verzogene Holztore sind mit grob geschnitzten Ornamenten verziert. Hoffentlich bleiben sie geschlossen!

Gewundene Gassen. Ich laufe über festgetretenen Lehmboden. Über meinem Kopf erstreckt sich ein Geflecht aus Stromkabeln und Wäscheleinen. Irgendwo schreit eine Ziege. Dann hat die Fremde mich verschluckt.

39 MINUTEN, 58 SEKUNDEN.

Eine neue Welt entsteht. Dreidimensional, diabolisch, digital. Eine Welt, die du beherrschen und nach deinen Vorstellungen gestalten kannst. Wenn du dich an die Regeln hältst. Das integrierte Level-Development-Kit ermöglicht es dir, eigene Karten zu erstellen. Du wirst so zum Erbauer ausgefallener Kampfplätze. Ein schöpferischer Architekt des Todes. Oder du bildest reale Örtlichkeiten maßstabgetreu nach – und füllst sie mit Leben, das du in Stücke schießt.

Die Rauchgranate am Boden hört auf zu rotieren. Wie in Stein gemeißelt zeichnen sich ==headshots== leblose, aber kraftvolle Gesichtszüge ab. Der Nebel lichtet sich.

Bots heißen die computergesteuerten Gegner aus dem Internet. Es liegt in deiner Hand, wie schnell sie durchs Gelände hetzen und welche Waffensysteme sie auf dich richten. Du kannst sie auch wehrlos ins Gefecht schicken. Nach einer verhauenen Mathe-Klausur zum Beispiel.

Die speziell für U.S. SEAL COMMANDO™ programmierten Bots beeindrucken vor allem durch ihre taktische Raffinesse und besonders realistische Handlungsweisen. Fast ist es so, als stünden dir Kämpfer aus Fleisch und Blut gegenüber. Statt einen verlustreichen Frontalangriff zu riskieren, pirschen sie sich seitlich an. Überrennst du ihre Stellungen, suchen sie Hals über Kopf das Weite. Und wenn sich ein Posten in Sicherheit glaubt, geht er schon mal pinkeln.

Ein gelber Bogen, es plätschert und zischt im Laub – und auf dem Gesicht des Postens breitet sich ein genüssliches Grinsen aus. Bis du es ihm aus der Fresse ballerst.

Unstrittig ist: In Sachen künstliche Intelligenz stößt U.S.

SEAL COMMANDO™ in neue Dimensionen vor. Mit Hilfe der Bots kannst du deine taktischen Fähigkeiten deshalb gezielt optimieren. Außerdem versetzen sie dich in die Lage, neue Maps unter simulierten Gefechtsbedingungen zu erkunden. Damit du, wenn du in den Clan-Wars gegen echte Spieler antrittst, mit dem Terrain vertraut bist.

Dennoch verhalten sich Bots anders als Menschen. Manchmal agieren sie sogar regelrecht paradox. Trainierst du zu oft mit ihnen, hinterlässt das deutliche Spuren in deiner Spielweise. Letztendlich kämpfst du eben doch nur gegen Nullen und Einsen.

Mündungsblitze. Von allen Seiten. Neben mir spritzt Staub auf. Ich werfe mich hinter eine niedrige Mauer, die vor einem mannshohen Bretterzaun steht. Gerade noch rechtzeitig: Eine MG-Salve frisst sich in die Ziegelsteine. Genau dort, wo ich noch vor einem Augenblick gestanden habe.

Wo stecken die Bastarde? Ich spähe über die Mauer. Es müssen fünf oder mehr sein. Weiträumig verteilt, spielen sie den Vorteil ihrer Überzahl geschickt aus. Erneut ziehe ich geballte Feuerkraft auf mich. Steine splittern. Nichts wie runter mit dem Kopf!

Zwischen zwei Feuerstößen fahre ich hoch. Schussabgabe. Deckung suchen. Wieder Schussabgabe. Wieder Deckung suchen. So und nicht anders wird ein Gefecht gewonnen. Diesmal aber vielleicht auch nicht: Die schweren Geschosse reißen tiefe Löcher in die Ziegel.

Durch immer größere Lücken sehe ich die Kämpfer der Dark Killing Force auf mich zustürmen. Geschickt arbeiten sie sich nach vorne. Kommen immer näher. Auf einmal ist einer aus der Truppe verschwunden. Gerade eben noch war sein Mündungsfeuer zu sehen. Wo steckst du? Los, zeig dich!

Ich muss hier weg – und zwar schnell ...

Eine Explosion! Unter meinen Füßen bebt der Boden. Splitter jagen über mich hinweg. Es müssen tausende sein. Dabei würde schon einer genügen, um mir den Schädel von den Schultern zu reißen.

Ich spüre die Hitze, bevor ich die Flammen sehe. Mein Nacken glüht. Ich fahre herum. Die Handgranate war nicht zielgenau platziert. Aber so wie es aussieht, erfüllt sie ihre Aufgabe trotzdem: Der Bretterzaun vor mir brennt lichterloh.

Ich sitze in der Falle.

40 MINUTEN, 17 SEKUNDEN.

Massiver Stahl. Ultraharte Bügel. Und ein aufbohrgeschützter Korpus. All das liegt jetzt zerfetzt vor der Schule. Sie haben eines meiner Vorhängeschlösser aufgeschossen. So sind sie ins Gebäude gelangt. Das war dieser einzelne Schuss, den ich nicht hatte zuordnen können. Er stammte also tatsächlich nicht aus ==headshots== SIG, sondern aus einer Dienstwaffe der Polizei.

get the position!

Seit ich im Ladder höher gelistet bin, habe ich das Kommando. ==headshot== gehorcht.

==headshot==, der einer Referendarin am Lehrerparkplatz auflauerte. ==headshot==, der strafrechtlichen Konsequenzen nur deshalb entging, weil die Aussage der einzigen Belastungszeugin überraschend zurückgezogen wurde. ==headshot==, der mit sieben seinem Meerschweinchen bei lebendigem Leib das Fell abgezogen hat. *roger that!*

Mit Maximalgeschwindigkeit jagt er durch die Aula. ==headshot== weiß auch ohne nähere Anweisungen, wo er sich in Stellung zu bringen hat.

Die Schule hat sieben Ausgangstüren, vier im vorderen und drei im hinteren Bereich. Nur noch sechs davon sind mit einem Schloss gesichert. Damit steht meinen Zielpersonen ein Weg nach draußen offen. Die Frage ist bloß: welcher?

Sie sind einfach überall. Hinter Fenstern, unter ausgebrannten Jeeps, in den Gassen. Wahrscheinlich haben sie einen Sniper in ihren Reihen. Denn ich werde aus ständig wechselnden Positionen beschossen.

Ein Scharfschütze gibt aus jeder Stellung heraus maximal sechs Schuss ab. Dann verschanzt er sich woanders. Anders als ein Camper, der seine Gegner hinterhältig aus einer dunklen Ecke heraus attackiert, befindet sich der Sniper mitten im Kampfgeschehen. Mit seinem reichweitenstarken Gewehr deckt er sein Team oder übernimmt andere taktisch relevante Aufgaben.

Zum Beispiel mich in Stücke zu schießen!

Die Wucht des Einschlags wirbelt mich um die eigene Achse. Schwarzer Rauch nimmt mir die Sicht. Ich feuere um mich. Schuss für Schuss jage ich in den dichten Qualm. Die MP4 tanzt in meiner Hand.

Ich kassiere noch einen Treffer. Taumle, röchle, spucke Blut. Dann brechen mir die Knie weg. Ich schlucke Staub. Ein roter Schleier legt sich über meine Augen.

Jetzt bedeutet jede weitere Verwundung das Aus.

41 MINUTEN, 57 SEKUNDEN.

Sie können praktisch überall sein. Denn um mir gegen diesen Bullen zur Seite zu stehen, musste ==headshot== seine

Position verlassen. Strategisch gesehen natürlich die richtige Entscheidung – und dennoch ein echtes Problem. Weniger für ==headshot== als für mich. Weil ich mein Vordringen präzise auf die Stundenpläne der Zielpersonen abgestimmt habe.

Besonders schwer war das nicht. Ich musste bloß herausfinden, wann wer in welchem Raum Unterricht hat. Angewandte Einsatztaktik für Fortgeschrittene. So konnte ich die effizienteste Route austüfteln. Festlegen, in welcher Reihenfolge sie am besten sterben.

+forward

Alles für den Arsch! Meinen Missionsplan, das Ergebnis monatelanger Recherche und akribischer Planung, kann ich jetzt wohl endgültig in die Tonne kloppen.

==headshot== muss diese ungesicherte Tür unbedingt finden. Ob er es rechtzeitig schafft?

Auf einmal steht er neben mir. ==headshot==. Ich habe ihn nicht kommen sehen. Er muss sich im Schutz der über den Boden kriechenden Rauchschwaden zu mir durchgeschlagen haben. Mit einer flüssigen Bewegung bringt er seine UMK 371 – hohe Schussfrequenz, nahkampfstark, erhebliche Schadenswirkung – in Anschlag.

Meine Augen folgen der Mündung. Sie springen über einen Stapel Kisten, klettern eine mit großkalibrigen Einschusslöchern übersäte Fassade hoch und erklimmen das Flachdach.

Ein Sniper! Er hat seine Stellung umsichtig gewählt. Die dicht behängten Wäscheleinen schränken mein Sichtfeld ein. Ihm dagegen verschafft der Höhenvorteil ein maximales Schussfeld – die wichtigste Voraussetzung für den perfekten Schuss.

Neben meinem Kopf rattert ==headshots== Sturmgewehr los. Der Sniper stürzt in die Tiefe. Noch während er fällt, visiert ==headshot== das nächste Ziel an.

Feuerschutz. ==headshot== hält die Dark Killing Force mit kurzen, gezielten Salven auf Distanz. Unterdessen mache ich die Schlange: Auf dem Bauch liegend, krieche ich aus der Gefahrenzone. Schüsse fallen in meine Richtung, verfehlen mich knapp. Neben meiner linken Hand wirbelt Kies hoch.

Endlich habe ich mich außer Schussweite geschlängelt. Ziehe das Erste-Hilfe-Kit aus einer Tasche meines Tarnanzugs. Wundversorgung. Dann springe ich auf. Um die feindlichen Angriffslinien zu knacken, muss ich die Stellungen weiträumig umlaufen. Ihnen von hinten in den Rücken fallen. Jede Sekunde zählt. Ich stürme los.

Die Gegenoffensive hat begonnen!

00:42:07

Vorstoß in das Herz der Schule. Niemand weiß, was zu tun ist. Wenn plötzlich einer durch die Tür gestürmt kommt – vermummt und mit halbautomatischer Waffe. Wenn er keinen einzigen Laut von sich gibt, während Schreie ins Trommelfell schneiden wie Rasierklingen.

Völlig planlos sind die! Das verrät der knochige Arsch, der unter einem Schreibtisch rausragt. Die hinter dem Vorhang kauernde Gestalt. Und der bärtige Kerl dort am Fenster. Sie sind tatsächlich noch hier! Hat denen denn keiner gesteckt, dass es bessere Aufenthaltsorte gibt, wenn sich ein Sozialversager den Frust von der Seele ballert?

+target

Die eingefallenen Arschbacken bieten kein besonders attraktives Ziel. Ich schieße trotzdem drauf. 9 x 19 Millimeter Doggy-Style. Ein eingerahmtes Foto fällt zu Boden. Glas zersplittert. Sieben Jahre Pech, nein, halt, ist ja ein Bilderrahmen und kein Spiegel. Mir kann es sowieso egal sein. Ich kann mich glücklich schätzen, wenn ich die nächsten sieben Minuten überlebe. Noch schlechter sieht es natürlich für die Frau dort unten aus.

Hinter mir fällt die Tür des Lehrerzimmers ins Schloss.

Wer zum Messer greifen muss, hat nicht mehr lange zu leben. Primary und Zweitwaffe sind leer geschossen. Man hat keine Granaten mehr, keine Deckung – dafür aber jede Menge Feinde.

Die Durchdringungswirkung ist gering. Stößt du schnell zu, richtest du kaum Schaden an. Ein kraftvoller Stich dagegen erzielt empfindliche Treffer. Aber er ist deutlich langsamer. Egal, auf welche Angriffsvariante du setzt: Übersteht dein Gegner die erste Attacke, schießt er dir den Arsch ab.

Ich betrachte den Rücken vor mir. Er mündet in einen Stiernacken, auf dem ein breiter Schädel sitzt. Wachsam zuckt der Kopf mal in die eine, mal in die andere Richtung. Leise, bloß leise! Jede falsche Bewegung bedeutet jetzt den sicheren Tod ...

Jede richtige auch. Denn trotz der gravierenden Nachteile gibt es etwas, was das taktische Einsatzmesser gegenüber jeder anderen Waffe überlegen macht: Du kannst damit lautlos töten. Wenn du die Klinge außer Hörweite ziehst und überraschend zuschlägst. Natürlich musst du exakt treffen.

Meine linke Hand legt sich über den Mund des Wachpostens. Mit rechts ziehe ich ihm das Messer quer über die Gurgel.

42 MINUTEN, 48 SEKUNDEN.

Ich kenne das Foto. Die Heidrich hat mich ja ständig hier antanzen lassen. Einen auf verständnisvoll gemacht. Damals, nach dieser Sache in Schleswig.

Die Aufnahme zeigt ein Mädchen mit Pferdeschwanz. Der Himmel ist blau, die Kleine barfuß. Ihre sonnengebräunten Ärmchen drücken die Heidrich an sich. Daneben: ein kleiner Mann mit großen Händen.

Warum hat sie mich nicht in Ruhe gelassen? Sie wusste

doch ganz genau, warum ich auf einmal eine Fünf nach der anderen schrieb. Mann, die ganze Schule hat sich das Maul darüber zerrissen!

Der Schrei ertrinkt in blubbernden Blasen: Aus der gespaltenen Gurgel schäumt Blut. Die Hände des Mannes krallen sich in seinen Hals. Luft bringt ihm das keine. Todeskampf. Ein letztes Zucken der Beine.

Dann ist alles vorbei. Ich lasse die Leiche zu Boden gleiten. Mitleid habe ich keines. Der Bessere gewinnt.

An eine Hauswand gedrückt, sehe ich rüber zu der zweiten Stellung.

Im ersten Stock eines ausgebrannten Hauses ragt zwischen aufgetürmten Sandsäcken eine Gewehrmündung hervor. Sieht mir schwer nach einer FP Fight 70 aus. Streuungsarm, aber schadensstark – eine wirkungsvolle Defensivwaffe.

Doch auch meine MP4 hat ihre Vorzüge: So nimmt die Zielgenauigkeit selbst bei Dauerfeuer nur minimal ab. Wenn der erste Feuerstoß trifft, habe ich deshalb gute Chancen, das Gefecht zu meinen Gunsten zu entscheiden.

Auf dem Radar blinkt es. Ein weißer Punkt, das Symbol für Teammate, leuchtet auf und verblasst: ==headshot== hat es nicht geschafft. Damit bin jetzt ich derjenige mit der höchsten Punktzahl. Die neue Nummer eins. Clan-Leader.

Aber das ist erst mal unwichtig. Ich muss einen Kameraden rächen. Das ist für dich, ==headshot==! Ich lege auf das Gesicht an, das hinter dem Lauf kauert. In diesem Moment schwenkt die Mündung herum. Vielleicht hat der Schütze mich doch gehört. Oder sein Instinkt hat ihn gewarnt. Was auch immer der Grund gewesen sein mag, das Ergebnis ist dasselbe: Wir feuern aufeinander. Gleichzeitig. Gefechtslärm zerreißt die Stille. Bis er übertönt wird.

Von dem wohl abscheulichsten aller Geräusche.

43 MINUTEN, 15 SEKUNDEN.

Nervenimpulse. Sie jagen die Bahnen im Körper entlang. Raus aus dem Hirn, rein ins Rückenmark.

«Wir müssen weg hier, Beine. Rennt los!», schreien sie.

Keine Antwort. Weiter im Wirbelkanal. Schnell, schnell! Doch halt, was ist das? Die Impulse bremsen scharf. Zu spät, sie knallen voll aufeinander. Ist da etwa kein Vorwärtskommen mehr? Fassungslos rappeln sich die Impulse auf. Sie stehen vor einer Schneise völliger Verwüstung: Meine Kugel hat das Rückenmark durchtrennt.

+look down

Die Heidrich hat verhindert, dass ich zum Abi zugelassen werde. Das respektiere ich. Wirklich. Sie hat gewusst, was sie tat. Schließlich verfügt sie über umfassende pädagogische Kenntnisse. Aber dafür habe ich die Glock. Und mit der habe ich dafür gesorgt, dass sie nie wieder mit ihrer Tochter durch den Garten tobt. Dass sie ab sofort in einen Plastikbeutel scheißt. Und dass es ihr der kleine Mann nicht mehr mit seinen großen Händen machen kann.

Das ist fair.

Ein Klopfen. Es bollert durch die Dünen, lärmt über den Viehmarkt und dröhnt die Gassen rauf und runter. Hier, im Zentrum der Wüstenstadt, fährt es mir durch Mark und Bein.

Ich zucke zusammen. Denn das Klopfen kommt aus einer anderen

Welt. Einer Welt, in der Mut, Ehre und Treue weniger zählen als ein iPhone, ein durchtrainierter Bauch oder Dolce & Gabbana – und die ich bis eben erfolgreich ausgesperrt habe. Schön sein, beliebt sein: Das ist die Devise. Am besten gleich beides.

Das Klopfen wird lauter.

In meiner Welt haben sich Unzulänglichkeiten dem Prinzip der guten Spielbarkeit unterzuordnen. Für ein ausbalanciertes Gameplay. Anders da drüben. Dort gelten sie als Angriffsfläche.

Jetzt hat sich die Tür geöffnet. Einen Spaltbreit nur, aber das ist schon genug. Kackdreist wieselt das Böse über die Schwelle.

Als ein zielgenaues 5,56-Milimeter-Geschoss mein Gesicht zerreißt, steht es mitten im Zimmer: Papa.

44 MINUTEN, 19 SEKUNDEN.

Angst. Sie macht dich schnell. Sensibilisiert die Sinne. Lässt dich Leistungen jenseits des Gewöhnlichen vollbringen. Das kann dir den Arsch retten. Doch die Angst ist nur dann ein guter Verbündeter, wenn du sie beherrschst. Und davon ist die Heidrich weit entfernt.

Sie zieht sich unter dem Tisch hervor, bäuchlings, ihre nutzlos gewordenen Beine schleifen hinterher. Als sie die Hände auf die Glassplitter aufsetzt, knirscht es. Vielleicht bringen die Scherben eines Bilderrahmens kein Pech. Aber eines bewirken sie ganz bestimmt: dass es weh tut, einen Rotstift zu halten.

Die Heidrich kriecht weiter. Sie hinterlässt Blut wie eine Schnecke ihren Schleim. Sie ist auch genauso langsam.

Schnecken bewegen sich mit Hilfe eines breiten Fußes vorwärts, Frau Biolehrerin. Mit diesem üben sie Druck auf den Boden aus. Einige Arten verfügen sogar über segmentierte Sohlenhälften, die eine Art Schreitgang ermöglichen. Beeindruckend, oder?

Danke für die Fünf übrigens. Wegen Ihrer Note konnte ich meine Zukunftspläne endgültig begraben. Damit ist die Tierarztpraxis Dr. Wesseling bereits geschlossen, bevor sie überhaupt eröffnet hat.

+fire

Mein nächster Schuss zerschmettert den linken Ellenbogen. Knochensplitter wirbeln durch die Luft. Aber die Heidrich gibt nicht auf. Auf ihren zweiten Arm gestützt, funktioniert ja noch, die Sau, schleppt sie sich weg von mir. Gegen meinen Willen verspüre ich Respekt. Zentimeter für Zentimeter trotzt sie dem Fußboden ab – ein dunkles, mit hellen Streifen durchsetztes Grau. Dasselbe wie in dem Klassenzimmer, in dem Yannicks Astralkörper über den Boden gefeudelt ist. Jetzt gibt es noch eine Gemeinsamkeit: Über beide Böden ziehen sich Blutschlieren.

«Hockst du jetzt sogar schon morgens vor diesem Spiel, Mathias?»

Papa, der sich leise an das Fußende meines Bettes gesetzt hat, räuspert sich. Er hält U.S. SEAL COMMANDO™ für blutrünstig. Das tue ich auch. Deshalb spiele ich es ja.

«Mir ist schon seit Längerem aufgefallen, dass du kaum noch mit deiner Mutter und mir sprichst ...»

Stimmt. Und ich habe nicht vor, ausgerechnet heute wieder damit anzufangen. Papa sieht mich auffordernd an. Ich starre zurück. In die erwartungsvolle Stille dringt das Quietschen der Bettfedern: Papa rutscht auf der Matratze hin und her.

«Du bist immer noch verärgert wegen dieser Geschichte mit Ben, oder?»

Ich sehe zum Bildschirm. Mein Team – minus ==headshot==, minus ich – jagt durch die Straßen. Seite an Seite. Diese Schlacht ist noch nicht entschieden!

Ben hat die Luft angehalten. Etwa eine Minute lang. Dann kam der Atemreflex. Seine Lunge hat sich mit Wasser gefüllt. Gluck, gluck. Kurz darauf hat Bens Zwerchfall gezittert. Stimmritzenkrampf. Das habe ich aus dem Internet. Der Tod ist nach drei weiteren Minuten eingetreten. Wenn Ben Glück gehabt hat.

Verärgert soll ich sein? Hm, mal überlegen. Ärger ist weniger stark als Zorn. Und sogar der lässt sich beherrschen. Bei Wut ist das schon schwieriger. Die bahnt sich irgendwann ihren Weg.

Schätze, ich bin wütend.

44 MINUTEN, 58 SEKUNDEN.

Hunde sind die besseren Freunde. Meine Lieblingsrasse? Ganz klar der Dackel. Er besitzt eine überraschend kraftvolle Muskulatur und einen starken Willen. Der steckt nicht so schnell zurück. Oh, nein! Denn tief in seinem Herzen ist der Dackel ein echter Jäger. Genau wie ich:

Schnecken habe ich schon als Kind zertreten!

Ich visiere das zweite Ellenbogengelenk an. Ausatmen, einatmen, wieder ausatmen – Kimme und Korn sind voll auf Linie. Langsam ziehe ich den Finger durch ... Doch dann überlege ich es mir anders.

Vielleicht schafft es die Heidrich bis zur Tür, bevor ich mit meiner vierten Zielperson fertig bin. Dann verdient sie es, weiter durchs Leben zu kriechen. Sie kann sich glücklich schätzen. Ich bekam nie eine zweite Chance.

viper_666 feuert noch mal auf Heidrichs Oberkörper. Zu einfach soll sie es auch nicht haben.

«Mensch, Mathias – das mit Ben ist jetzt mehr als zehn Jahre her ...»

Rückzug. Ist eine vorgelagerte Verteidigungsstellung nicht zu halten, muss man, ohne zu zögern, in die letzte Deckung zurückfallen. Mein Vater beherrscht dieses Manöver wie kein Zweiter.

Levitation. Ich befinde mich im Schwebe-Modus. Bis die nächste Spielrunde beginnt, bin ich Zuschauer. Ich kann alles sehen. Aber nicht eingreifen. Selbst dann nicht, wenn die Jungs in eine tödliche Falle laufen. So wie jetzt.

Ich presse die Lippen zusammen. Sobald eine Schlüsselposition eingenommen wurde, ist der Vormarsch entschlossen und mit allen Mitteln fortzusetzen. Darin wiederum bin ich ziemlich gut. Jedes Wort ist verschwendet. Ich treibe Papa zurück. Richtig eingesetzt, ist Schweigen eine effiziente Waffe.

Mündungsblitze zerschneiden die Dunkelheit. Der Gegner nimmt die linke Flanke unter Beschuss. Schweres Feuer. Der konzentrierte Angriff zerreißt unsere Gefechtskette.

Mein Blick wandert zurück in Richtung Matratze. Papa hat nach dem Rucksack neben sich gegriffen. Den habe ich, fertig gepackt für die Schule, aufs Bett geworfen. So wie jeden Morgen.

Das Dumme ist nur, dass heute kein Tag wie jeder andere ist.

45 MINUTEN, 8 SEKUNDEN.

«Ene ...»

Zwei Lehrer. Ein Spiel. Die Mündung der Glock wandert langsam von der einen zu der anderen Fresse. Ich darf mitspielen! Ich darf mitspielen! Ich darf mitspielen! Das macht ja noch mehr Spaß, als ich immer dachte.

«... mene ...»

Wenn du lange nicht sprichst, ziehen sich die Stimmbänder zusammen. Wirst du dann aufgerufen – nein, du hast dich nicht gemeldet – kommt bloß ein Krächzen aus deinem Mund. Die haben mich dafür ausgelacht.

«... mis...»

Zappelnde Blicke, aufgerissene Münder, sich aufblähende Nasenlöcher – Angst hat viele Gesichter. Das breite Grinsen gehört nicht dazu. Aber das liegt ja auch auf meinem Gesicht.

«...te ...»

Eines Tages habe ich einfach nicht mehr auf die Fragen reagiert. Die Lehrer haben mich irgendwann in Ruhe gelassen. Sogar der Knopp hier. Ich bin da weniger nachgiebig. Bei mir kommt jeder dran:

«... es ...»

Ein feiner Geist, ein feiner Kerl. Das ist der Hemmes. Seine Leidenschaft für Literatur ist echt. Die alten Dichter wollte er mir näherbringen. Dafür zeige ich ihm heute, was mich begeistert: moderne Faustfeuerwaffen.

«... rap...»

An diesem Tag ist meine Stimme nicht belegt. Sir! No! Sir! Sie ist fest, kraftvoll und befehlsgewohnt. Ohne Weiteres könnte sie die Einschläge heranjagender 240-Millimeter-Mörsergranaten übertönen.

Stellungswechsel. Die eigenen Kräfte verteilen und das Feuer bündeln – die Angreifer beherrschen ihr Handwerk. Aufgrund der weit auseinanderliegenden Positionen kommt es dabei vor allem auf die Übersicht jedes Einzelnen an. Aber behalte erst mal alles im Blick, wenn der Kopf deines Nebenmanns explodiert!

In Gedanken versunken, lässt Papa die Riemen des Rucksacks durch seine Hände wandern. Er grübelt darüber nach, ob er meine anhaltende Wortkargheit verdient hat. Ben könnte ihm die Frage beantworten. Mit einem Wasserschwall.

Gegenwehr. Neu aufgestellt, schlagen meine Jungs zurück. Mit geschwächter Feuerkraft, aber starkem Kampfgeist. Dass sie sich derart schnell umgruppieren konnten, belegt die präzise Kommunikation in unserem Team. Na, los – macht sie fertig!

Jetzt spielt Papa mit dem Reißverschluss herum.

Rush. Fünf Angreifer stürmen heran. Ihre MPs rattern unisono, vereinzelt knarzt eine Schrotflinte. Ein Kill jagt den nächsten. Auf beiden Seiten. Es ist ein Massaker!

Der Reißverschluss surrt. Entsetzt fahre ich herum.

Papa darf den Rucksack auf keinen Fall aufmachen!

45 MINUTEN. 30 SEKUNDEN.

«...pelt ...»

Eine weitere Silbe donnert aus meiner Kehle. Abgefeuert mit der ungezügelten, zielgerichteten Wucht eines durchschlagsstarken Präzisionsgewehres. Peng! Sie trifft den Hemmes voll in die Fresse.

«... in ...»

Die Wölbung zwischen Nasenwurzel und Stirn, auf die ich ziele, zittert. Tanzende Falten. Heulkrämpfe erschüttern Knopps fleischigen Wulst. Es ist ein Gesichtsbeben, Stärke zehn oder mehr.

«... der ...»

Worte verbinden Menschen. Sie können Brücken schlagen. Kräuseln sich Hemmes' Lippen deshalb? Na, klar! Er versucht, Laute zu formen. Sollte er sich besser verkneifen. Wenn er mich unterbricht, ist er tot!

«... Kis...»

Auch ich war oft den Tränen nah. Besonders in Knopps Stunden, Latein und Geschichte. Hab' sie runtergeschluckt. So wie ein SEAL. Damals hatte ich ja noch vor, Tiermedizin zu studieren. Dazu brauchst du Latein.

«...te ...»

Sie sind doch Vertrauenslehrer, Herr Hemmes. Jetzt mal ehrlich, wo wir uns gerade so gut zu fassen bekommen – ist auf Sie Verlass? Würden Sie mir auch dann helfen, wenn ich mal was ganz Furchtbares mache?

«... ene ...»

Latein habe ich schon immer gehasst. Diese Sprache soll Klarheit in dein Denken bringen? Vergiss es! Latein ist tot. So was von! So tot wie Marcel, Yannick und Jennifer – Gruß an die Wand mit dem Hirn drauf.

18 Zentimeter. Rostfreier Stahl. Mit partiellem Wellenschliff. Das SOG SEAL Knife wurde für härteste Kampfeinsätze konzipiert. Die Klinge ist geschwärzt. Vom Schaft bis hin zur Spitze. Damit dich keine Lichtreflexe verraten. Der anatomisch geformte Griff verfügt über eine sorgfältig verarbeitete Daumenauflage für kontrollierte Schnitte und besteht aus geriffeltem Kraton. Das garantiert maximale Rutschfestigkeit. Selbst dann, wenn es mal richtig blutig wird.

Um das SOG SEAL Knife – von Experten kritisch auf die Belastbarkeit seines Materials getestet – zu kaufen, muss man achtzehn sein. Ohne Ausweis geht da gar nichts. Es sei denn, man hat einen Onkel, der einem das Messer auf seinen Namen bestellt. Michael jedenfalls hat keine Sekunde gezögert.

Er weiß, dass ein Junge sein Messer braucht.

Im Gegensatz zu Papa. Meine Faszination für alles, was Löcher in die Haut reißt, war ihm schon immer ein Dorn im Auge. Zielgerichtete Präzision, ausgeklügelte Technik, zur Schau gestellte Macht – damit kann er, der sanftmütige Industriekaufmann, nichts anfangen. Außer auf der Autobahn.

Was er wohl DAZU sagt?

Keine Bücher, keine Hefte, keine Stifte: bis auf ein taktisches, perfekt geschliffenes Einsatzmesser ist mein Schulrucksack leer!

46 MINUTEN, 12 SEKUNDEN.

«... mene ...»

Finale. Natürlich könnten sie sich ausrechnen, auf wem die Glock stehen bleiben wird. Dazu muss man kein Mathelehrer sein. Aber zähle mal lustig Silben, während du in einen tenifergehärteten Pistolenlauf starrst!

«... meck ...»

Erst der Mut, mit dem du deinem Tod gegenübertrittst, macht dich unsterblich. Nur gut, dass Knopp nicht wichtig genug für die Geschichtsbücher ist. Das wäre ein unrühmliches Kapitel geworden.

«... und ...»

Hemmes zittert. Am ganzen Körper. Ich lasse mir nichts anmerken, bin aber enttäuscht. Der Mann ist mein Vertrauenslehrer. Was ist mit seiner Vorbildfunktion? Nur gut, dass keine anderen Schüler im Raum sind!

«... du ...»

Iamque non pugna, sed caedes erat. Das war kein Kampf mehr, sondern ein Blutbad. Viel mehr habe ich aus zwei Jahren Latein nicht mitgenommen. Bis auf: memento mori. Bedenke, dass du sterben wirst:

«... bist ...»

Warum habe ich keinen längeren Abzählreim genommen? Dann wäre der Spaß noch nicht vorbei. Anderseits: Die Uhr tickt. Und es ist so wie bei allem – man soll aufhören, wenn es am schönsten ist:

«... WEG!»

Papa verschwindet. Leider ohne meinen Rucksack loszulassen. Im Türrahmen dreht er sich noch mal um. Fingert etwas aus seiner Hosentasche. Räuspert sich.

«Gestern morgen habe ich das hier in meiner Firmenpost gefunden.»

Das Klassenfahrtsfoto. 25 strahlende Gesichter. Und vier ausgekratzte.

«Weißt du, manchmal nerven einen seine Mitschüler. Als ich in deinem Alter war ...»

Warum hast du das gemacht, ==headshot==? Blöde Frage. Weil du geahnt hast, dass ich meinen Geburtstag schon heute feiern wollte. Und du deshalb keine Munition von mir bekommst.

«Gibt es vielleicht doch irgendwas, das du mir sagen möchtest?»

Scheiße. Jetzt geht es nicht mehr anders, ich muss einfach das Maul aufmachen: «Hey, Dad – ich muss zur Schule!»

Überrascht sieht Papa auf den Rucksack in seiner Hand. Als er ihn anhebt, stutzt er. Ich erstarre. Hat er gemerkt, dass sich der Rucksack für einen vollgepackten Schultag – zwei Stunden Mathe, Musik, ein Doppelblock Deutsch – zu leicht anfühlt? Mir stockt der Atem. Ohne es zu ahnen, hält mein Alter das Schicksal des humanistischen Gymnasiums am Kaiser-Wilhelm-Platz in seinen Händen. Der Rucksack schwebt einige Sekunden lang zwischen uns in der Luft. Bis Papa ihn mir zurückgibt.

Es war ein Fehler, das SOG SEAL Knife mit in die Schule nehmen zu wollen. Das ist mir auf einmal klar. Ich meine: ein Messer. Ha! Ich brauche eine richtige Waffe. So eine, die Vollmantelgeschosse flugstabil durch dicke Mauern treibt.

Okay, an Michaels doppelt gesicherten Waffenschrank komme ich nicht mehr ran. Jedenfalls nicht, bevor er aus Teneriffa zurück ist. Und bis dahin hat ==headshot== schon längst ein Blutbad angerichtet. Vor mir. Mit meiner Glock. Dass ich ihm die Munition dafür besorge, steht jetzt außer Frage. Denn wenn er Papa das mit der Pistole steckt, ist mein Plan sowieso gestorben.

Kann ich die Operation, Höhepunkt und Ende meines Lebens, überhaupt noch verwirklichen? Ja. Aber nur dann, wenn ich ==headshot== auf meine Seite bringe. Vor zwei Tagen haben wir aufeinander geschossen. Zumindest im Game. Das hat uns aneinandergekettet. Bereiten wir uns also gemeinsam auf meinen großen Tag vor.

Und dann packe ich den Rucksack neu!

46 MINUTEN, 33 SEKUNDEN.

Die letzte Silbe verhallt. Niemand sagt was. Todbringende Endgültigkeit senkt sich über das Lehrerzimmer. Keiner rührt sich. Selbst die Heidrich, die sich schon fast bis zur Tür geschleppt hat, hält inne.

Wenn man sich einen Augenblick aus seinem Leben aussuchen könnte, um ihn mit in die Ewigkeit zu nehmen – dieser wäre meiner!

Aus verheulten Augen glotzt Knopp mich an. Er begreift. Unser Spiel ist zu Ende – und damit auch sein Leben. Flehend klammert er sich an meine Beine. Fresse kuschelt mit Kampfanzug. Der Stoff ist dick. Trotzdem kann ich die Tränen spüren. Es ist jämmerlich! Als Knopp seine Stirn an meine Militärstiefel schmiegt, habe ich genug. Ich drücke ab.

Hemmes bricht getroffen zusammen.

Abendessen. Geschirr klappert. Es duftet nach frisch aufgeschnittenem Brot. Witze fliegen durch den Raum, gefolgt von Gelächter. Am Nachbartisch verschüttet jemand Milch.

Und dann platzt die Bombe.

«Hört ihr mir mal kurz zu? Vor einem der Jungenzimmer ist etwas vorgefallen, über das ich unmöglich hinwegsehen kann.»

Alle sind da. Die nicht besetzten Tische haben sie schon zur Seite geräumt, um Platz zu schaffen für die nachfolgende Party.

Blicke schießen hin und her. Hätte der Hemmes in seinen Stunden nur halb so viel Aufmerksamkeit – Deutschland wäre in der Pisa-Studie ganz weit vorn.

Sie wissen noch nicht, was vor meinem Fenster abgegangen ist. Und – zumindest das tröstet – was dahinter. Natürlich bis auf die vier Gesichter, die an meiner Scheibe geklebt haben. Und diesem Arschloch, das sie dorthin geführt hat.

«Einer von euch hat in verantwortungslosester Art und Weise einen Mitschüler diskreditiert.» Sein Blick sucht Marcel. «Ich glaube ja, dass es dir leidtut. Aber mit einer Entschuldigung ist es in diesem Fall wohl kaum getan!»

Marcel zuckt mit den Schultern. Besonders schuldbewusst sieht er nicht aus. Hemmes fährt fort: «Deshalb bleibt mir leider keine andere Wahl, als dich vorzeitig nach Hause zu schicken. Ich schlage vor, dass du dort noch einmal gründlich über dein Verhalten nachdenkst.»

Ein Raunen geht durch den Speisesaal. Hemmes ignoriert das. Er setzt sogar noch einen drauf: «Am besten gehst du sofort packen. Dein Zug fährt schon in einer Stunde.»

Lange Gesichter, leise Buhrufe. Marcel ist beliebt. Weiß der Himmel, wieso.

«Das können Sie nicht machen – gleich ist doch unsere Party!» Große blaue Augen funkeln Hemmes an. «Wie wäre es, wenn Sie Marcel stattdessen zum Küchendienst verdonnern, oder so was?»

Laura ist wunderschön, wenn sie wütend ist.

46 MINUTEN. 58 SEKUNDEN.

Aus Hemmes' Mundwinkel rinnt Blut. Dafür kann ich nichts. Er hat sich die Lippe aufgebissen: Ein Treffer im Unterbauch verursacht Qualen, die unvorstellbar sind. Bis du selbst erlebst, wie es deine Därme zerreißt.

Während ich das SOG SEAL Knife aus meinem taktischen Einsatzgürtel ziehe, beobachte ich Knopp. In seinen Blick hat sich Erleichterung eingeschlichen. Klar, es tut ihm leid um seinen Kollegen. Vor allem aber ist er froh, dass es nicht sein Oberschenkel ist, in den ich gerade die rasiermesserscharfe Klinge treibe.

Schmatzende Haut. Bin ich zu nachsichtig mit meiner Zielperson? Sie hat tatsächlich noch die Kraft zu schreien. Na, mal sehen, wie lange noch ...

Ich bohre die Messerspitze in den Wundkanal, den das 9 x 19 Millimeter-Projektil durch Hemmes' Bauch gegraben hat. Das Gebrüll schwillt an. Als viper_666 die Klinge umdreht, kann ich das Zäpfchen von Hemmes' Gaumen sehen.

Es gibt noch etwas, was das Messer einzigartig macht: Du kannst damit besonders qualvoll töten!

Laura ist ein Engel. Immer setzt sie sich für andere ein. Selbst für so einen Drecksack wie Marcel. Ich liebe sie dafür. Doch Hemmes bleibt hart: «Tut mir leid, aber ich habe meine Entscheidung getroffen.»

Laura auch: Sie will kämpfen.

«Marcel ist ja wohl nicht der Einzige, der hier eine Strafe verdient hat!»

Damit hat sie Recht. Alle oder keiner. Im Prinzip müsste Hemmes jeden nach Hause schicken, der sein Gesicht an meinem Fenster plattgedrückt hat. Doch das würde er natürlich nie machen. Fairness hin oder her. Laura weiß das.

Hinter Hemmes' Stirn arbeitet es. Sein Blick irrt von Tisch zu Tisch. Hängen bleibt er an mir. Hemmes' Miene: eine geschlossene Tür.

«Mathias, es wäre wohl in der Tat angebracht, wenn du ebenfalls abreist. Gleich nach dem Abendessen rufe ich deine Eltern an.»

Wie bitte ... ?!

Die anderen sehen sich irritiert an. Sie kapieren nicht, was vor sich geht. Mir geht es genauso. Hemmes fasst mich ins Auge, richtet das Wort aber an die Klasse. Und die hört zu.

«Dann kannst du zu Hause zu Ende führen, was du hier so engagiert begonnen hast. Eines möchte ich dir noch mit auf den Weg geben ...»

Die Spannung im Raum ist spürbar. Alle warten darauf, was passiert. Brot und Spiele. Das Volk will Blut sehen, und seine Erwartungen sollen nicht enttäuscht werden.

«Besser, du suchst dir zur Befriedigung deiner Triebe einen intimeren Platz – oder du ziehst den Vorhang zu!»

Es ist laut, wenn einunddreißig Paar Hände gleichzeitig Beifall klatschen. Ich werde dieses Geräusch niemals vergessen.

«Der Rest von euch braucht sich den Abend aber nicht vermiesen zu lassen, viel Spaß bei der Party nachher!»

47 MINUTEN. 19 SEKUNDEN.

Knopp verdrückt sich. Rückwärts. Zwar behält er mich so im Auge, aber dafür rutscht er auf Heidrichs Schneckenspur aus. Ich könnte die Glock schnell wieder in die Schusshand nehmen und ...

Ein Stöhnen. Zu meinen Füßen. Vergiss Knopp. Hör dir lieber mal an, was Hemmes zu sagen hat!

+look down

«Mathias, du machst gerade einen gewaltigen Fehler!»

Ganz im Gegenteil. Ich handele sogar hochprofessionell. viper_666 schlitzt Hemmes' linke Wange auf. Um so tief wie möglich zu kommen, führt er das Messer mit der Faust.

Hemmes winselt. Er hört sich an wie Ben, wenn man ihm auf den Schwanz getreten hat. Trotzdem versucht er weiterzureden. Ich bewundere ihn dafür.

«Du suchst doch Yannick. Und die anderen. Marcel vor allem. Wenn du ihn nicht schon getötet hast ...»

Stimmt, Mann! Das liegt daran, dass sein Name auf meiner Abschussliste steht. Genauso wie Ihrer übrigens.

viper_666 stößt die Klinge durch Hemmes' andere Wange. Blut sprudelt über meinen Handrücken. Ein kräftiger Ruck – und durch den Schlitz schimmert es weiß. Das sind die Backenzähne.

+look up

Knopp steht an der Tür. Mit einem Tritt stößt er die Heidrich zur Seite. Dabei hatte die sich gerade bis zur Klinke hochgearbeitet. Ein mühseliges Unterfangen, wenn einem die Beine nicht mehr gehorchen. Sie kann sich nicht abstützen, tja, der zerschmetterte Ellenbogen. Macht ganz schön Krach, wenn so ein Schädel ungebremst auf den Boden knallt. Knopp steigt über sie hinweg. Nett ist was anderes.

Jedes Wort kostet Hemmes Kraft. Und mich Zeit. Ich sollte das hier beenden.

«Du glaubst, Marcel ... das Video ... ins Internet ...»

Stopp. Noch mal zurück. Wie bitte?!

Der Boden dreht sich. Immer schneller, immer krasser.

«... aber er ... war's nicht!»

Ein Video ist ein Video ist ein Video ist ein Video.

Da stehe ich also. Mit einem Stück Darm in meiner Hosentasche. Ein Talisman, der nach Scheiße stinkt. Ich habe es tatsächlich durchgezogen. Nicht nur davon gelabert wie andere.

Hey, ich meine: Auf mich ist geschossen worden. Garantiert nicht zum letzten Mal. Denn irgendwo wartet immer noch dieser Bulle, die Knarre im Anschlag. Von den vielen Scharfschützen, die mich aufs Korn nehmen werden, gar nicht erst zu reden.

Und jetzt, keine 10 Minuten, nachdem ich Marcel seine Eier in den Bauch getrieben habe, soll ein anderer das Scheißvideo hochgeladen haben?

Die Wände stürzen auf mich zu.

«Ein Junge aus deiner Parallelklasse ... das Video angesehen ... auf seinem Handy, mitten im Unterricht.»

Hemmes will sich aufrichten. Geht aber nicht. Er hat schon zu viel Blut verloren. Warm klebt es auf meiner Haut.

«Handy ... konfisziert ... er wurde pampig ... wieso ich *ihn* anmachen würde ... und nicht ... den Film rumgeschickt hat.»

Hemmes' Stimme ist noch leiser geworden. Deshalb glaube ich zunächst nicht, was ich da höre.

Dieser Name.

Knopp reißt die Tür auf. Taumelt in den Flur hinaus. Er ist noch einmal davongekommen. Denkt er. Waffenwechsel auf die Glock. Ich schieße Knopp in den Rücken. Einmal, zweimal, dreimal.

Es ist mehr als nur ein Name. Es ist Verrat.

Wortfetzen. Kaum wahrnehmbar. viper_666 muss sein Ohr ganz dicht an meinen Vertrauenslehrer heranbringen, um ihn zu verstehen: «... ist seit zwei Tagen krank ... die Grippe.»

Hey, hey, Captain Jack
Meet me down by the railroad tracks
With my knife in my hand
I'm gonna be a cuttin' man

Als Hemmes stirbt, steckt das SOG SEAL Knife bis zum Anschlag in seinem Schädel. 18 Zentimeter Klinge, Rockwell-Härte: HRC 56–57.

[Mission 3 completed, viper_666.]

Vae victis. Auf einmal fällt mir doch noch eine lateinische Redewendung ein. Wehe den Besiegten!

Leider zähle ich jetzt dazu.

00:47:13

Geisterschule. Ich renne durch wie ausgestorben wirkende Gänge. Das muss nichts zu sagen haben. Eine Lücke in der gegnerischen Aufstellung bedeutet gleichzeitig, dass sich die Feinde an einer anderen Stelle der Map ballen. Zumindest theoretisch.

+forward

Ich überhole die Heidrich am Treppenabsatz. Sie ist ganz schön weit gekommen. Das bin ich aber auch. Meinem Traum, Tierarzt zu werden, stand nur ihre Bio-Fünf im Weg – und ein per Handy aufgenommenes Video.

+forward

Auf dem Flur liegen Leichen. Irgendwelche Fotzen aus der 5 b. Ihre Gesichter sind verzerrt, der Tod kam unter Schmerzen. ==headshot== hat ganze Arbeit geleistet. Seine Frags müssen heute in eindrucksvolle Höhen geschnellt sein. Glückwunsch, Kamerad!

+forward

Im Treppenhaus ist keiner. Ich würde mich wohler fühlen, wenn ich mal jemanden sehen würde. Nur um zu wissen, dass noch keiner den rettenden Ausgang entdeckt hat. Vielleicht würde ich ihn aus Dankbarkeit sogar leben lassen.

+forward

Scheiße, wo sind sie nur alle?

+forward

Hat ==headshot== das Benzin vor dem Notausgang entzündet, bevor er seine Position verlassen hat? Falls nicht, stehen sogar zwei Fluchtwege offen.

+forward

Die haben sich verpisst!

+forward

==headshot==, ein Bulle und ich. Ansonsten ist die Schule leer. Das heißt, wenn ==headshot== überhaupt noch lebt. Vielleicht hat ihn ja dieser Bulle erwischt.

+forward

Ich bleibe stehen. Meine Gedanken rasen.

+wait

Was soll ich machen ... soll ich machen ... soll ich machen?

Selbstfick. Ich liege auf dem Bett, den Schwanz in der Hand und Laura im Kopf. Sie trägt diesen engen roten Pulli – mit zehn Fingern von mir darunter. Steht ihr gut!

Meine Hand fliegt auf und ab. Ich muss mich beeilen, gleich gibt es Abendessen. Gut möglich, dass ==headshot== vorher noch mal aufs Zimmer kommt. Sonst wird sich niemand hier blicken lassen. Von den fünf Etagenbetten sind vier frei: Zu ==headshot== wollte niemand auf die Bude. Ich natürlich auch nicht. Aber die anderen hatten die Zimmer schon Wochen vorher untereinander aufgeteilt, und für mich blieb sonst kein Bett mehr übrig.

Gleich komme ich! Laura liegt jetzt nackt vor mir. Gleich komme ich! Ihre Haut schimmert weiß. Gleich komme ich! Immer schneller heben und senken sich die Brüste. Gleich komme ich! Die gespreizten Beine: eine offene Einladung. Gleich komme ich! Blonde Locken ringeln sich mir entgegen. Gleich komme ich! Verspielte Haarwirbel. Gleich komme ich! Volle Lippen, die sich erwartungsvoll wölben. Gleich komme ich! Blaue Augen strahlen mich an. Gleich komme ich! Ich sehe Lauras Gesicht. Gleich komme ich! So deutlich, als stünde sie direkt vor mir. Gleich komme ich!

Tatsächlich tut sie genau das. Nur ein halber Meter ist zwischen uns. Und die Fensterscheibe.

48 MINUTEN, 14 SEKUNDEN.

In der Cafeteria steht Frau Nolte hinter dem Verkaufstresen. So wie immer. Dort stand sie schon, als ich auf die Schule kam. Von Jahr zu Jahr wurden ihre Falten tiefer und ihr Blick trauriger. Jetzt ist er auf mich gerichtet.

«Was darf's heute für dich sein, Mathias?»

Frau Nolte ist sehr gewissenhaft. Selbst durchs Gebäude peitschende Schüsse und in Todesangst ausgestoßene Schreie halten sie nicht davon ab, ihren Job zu machen. Oder hat sie etwa auf mich gewartet? Falls sie die Glock irritiert, lässt sie sich das jedenfalls nicht anmerken. Dafür bin ich dankbar.

Ich tue so, als ich ob ich überlege. Das ist unser Ritual.

«Ich kann mich nicht entscheiden. Das sieht alles so lecker aus ...»

Mit einer von Blutspritzern übersäten Hand deute ich auf die Brötchen in der Auslage.

«Wie wäre es, wenn ich dir etwas empfehle?»

Ein Lächeln. Vielleicht noch verzweifelter als sonst, aber

absolut echt. Ich glaube, Frau Nolte mag mich. Eine Sekunde lang schäme ich mich für die Glock. Ich nicke.

«Die Küche präsentiert: ein frisch belegtes Frikadellenbrötchen – liebevoll garniert mit knackigem Salat aus Freilandhaltung!»

Ich höre den Spruch nicht zum ersten Mal. Trotzdem grinse ich wie ein Kinderschänder, dessen Frau Drillinge erwartet.

«Na, das hört sich toll an!»

So viel wie mit Frau Nolte rede ich oft den restlichen Tag nicht. Sie setzt zum Sprechen an, stockt dann aber. Schließlich kommen die Worte doch über ihre Lippen: «Mathias, willst du mir nicht einfach die Pistole geben und nach Hause gehen?»

Ich schüttle den Kopf.

«Das geht leider nicht. Aber keine Sorge: nur noch ein paar Minuten, höchstens fünf, dann bin ich sowieso weg ...»

Sie reicht das Frikadellenbrötchen über den Tresen. Ich taste die Taschen nach Münzen ab. Die Macht der Gewohnheit. Natürlich sind in meinem Kampfanzug keine.

«Ähm ... Frau Nolte ...»

Ihr Blick wird, falls das möglich ist, noch bekümmerter.

«Das macht doch nichts. Bring mir das Geld einfach morgen mit!»

Drei weitere Gesichter tauchen hinter der Scheibe auf. Yannick. Fettes Grinsen verschluckt Kopf. Jennifer. Eine Fratze des Ekels. Marcel. Natürlich mit seinem ewigen iPhone vor der Nase. Die integrierte Kamera läuft.

Ich springe auf. Knalle der Länge nach hin. Scheiße, die Jeans um meine Knöchel! Ich zerre an der Hose. Keine Chance. So schnell kriege ich sie nicht hoch. Was besser unten wäre, bleibt dafür oben.

Marcel hält weiter drauf.

«Meine Freunde, heute präsentiere ich euch: ‹Der Super-Wichser›! Dieser standhafte Held verfügt über die Fähigkeit, jeden in der Nähe mit seinem stinkenden Genital in die Flucht zu wedeln. Unermüdlich jagt er dem perfekten Orgasmus hinterher. Diesmal will der Super-Wichser sein klebriges Erbgut auf einer Jugendherbergsmatratze verteilen!»

Schallendes Gelächter vor dem Fenster. Sogar Laura muss grinsen. Ich kämpfe weiter mit meiner Jeans. Yannick klopft gegen die Scheibe.

«Für einen Superhelden hast du aber 'ne ganz schöne Wampe. Solltest mal ein paar Sit-ups machen!»

Da, das T-Shirt! Ich stülpe es über meinen Kopf – falsch herum, die Nähte sind außen, egal – und ziehe es lang. Es ist die entscheidenden Zentimeter zu kurz.

Jennifer hebt die Augenbrauen. «Lieber einen fetten Bauch in die Linse hängen, als diesen Lumpen!» Sie zeigt auf mein schwarzes Schlabber-Shirt, über ihren Titten spannt sich natürlich Dolce & Gabbana.

Ich begegne Lauras Blick. Abneigung. Sie kann nicht ertragen, wie die anderen über mich herziehen. Doch selbst Laura muss diese Situation erst mal geregelt bekommen. Ob sie mich je wieder respektiert?

Endlich habe ich die enge Hose hochbekommen.

«So, meine Damen und Herren, das Vorspiel ist beendet ...» Ein neues Gesicht vor meinem Fenster. Es hat einen Bart. «Aber der

Spaß fängt gerade erst an. Denn ich verspreche euch: Was hier geschehen ist, wird Konsequenzen haben!»

51 MINUTEN, 50 SEKUNDEN.

«Du dummes Stück Scheiße – kneif gefälligst die Arschbacken zusammen!»

«... Sir?»

Ich würge die Antwort zwischen zwei Bissen Frikadellenbrötchen hervor.

Allein am Tisch. In der leeren Cafeteria. Unter dem traurigen Blick von Frau Nolte pule ich mir ein Stück knackigen Salat «aus Freilandhaltung» aus den Zähnen. Das Spiel ist sowieso verloren. Also kann ich mir auch in Ruhe den Bauch vollschlagen. Es ist meine Henkersmahlzeit, und sie schmeckt fantastisch.

«Was für ein gotterbärmlicher Anblick! Du bist nicht würdig, das Abzeichen zu tragen, Soldat!»

Der Trident. Kraftvoll breitet der Metalladler, Symbol für gefährliche Einsätze aus der Luft, die Schwingen auf meiner Brust aus. Die dreigezackte Harpune in seinen Krallen verweist auf taktische Missionen unter Wasser. Ein gewaltiger Anker signalisiert die Zugehörigkeit zur Navy. Und dann ist da noch die Pistole. Sie steht für die Durchführung verdeckter Kommandounternehmen an Land.

Ich habe mir das Abzeichen erkämpft. Mit Blut und Schweiß. Aber verdiene ich es tatsächlich? Zumindest auf festem Boden versage ich gerade kläglich.

«Warum scheißen sich wohl alle in die Hosen, sobald wir SEALs aufs Schlachtfeld stürmen?»

Meine Antwort kommt wie aus der Pistole geschossen: «Sir! Weil wir die besseren Waffen haben – und damit verdammt gut umgehen können! Sir!»

«Bullshit! Ein schlauer Kopf ist immer gefährlicher als ein fixer Finger. Schnell rein, schnell wieder raus. Und was dazwischen liegt, ist operative Kreativität. Geht das in dein Hirn, Soldat?»

52 MINUTEN, 17 SEKUNDEN.

Meine Gedanken überschlagen sich. Maximale Flexibilität, geistige Wendigkeit und ausgeprägter Einfallsreichtum – das ist es, was einen SEAL wirklich ausmacht. Während waffenstarrende Großverbände noch gegen die eigene Trägheit kämpfen, sind wir schon die entscheidende Idee voraus.

Manchmal muss man sich vom Einsatzplan lösen. Improvisieren, um seinen Auftrag doch noch zu erfüllen. Ob ich das verstanden habe?

viper_666 springt auf, das Frikadellenbrötchen fliegt zu Boden, und salutiert.

«Sir! Yes! Sir!»

«Ich verlange von dir, dass du diese Aufnahme auf der Stelle löschst!»

Hemmes' Zeigefinger ist auf das iPhone gerichtet. Er zittert vor Zorn. Marcel, die personifizierte Reue, tippt hektisch auf dem Display herum. Yannick ist ganz in die Betrachtung seiner Unterarmmuskulatur vertieft. Jennifer trippelt ein paar Schritte zur Seite. Taucht ab in den Schutz der Nacht.

Dort steht noch jemand. Er hält sich etwas abseits. Ich kann nicht erkennen, wer es ist. Aber die große Silhouette kommt mir seltsam vertraut vor ...

Laura hat die Nase tief in ihre Handtasche gesteckt. Ihr ist das alles so peinlich. Sie schämt sich für Marcel, Jennifer und Yannick – und am meisten natürlich für mich.

Ich muss den Blick abwenden. Weil ich nicht weiß, wo ich sonst hingucken soll, landen meine Augen auf dem Fußoden. Hier gefällt es mir. Ob ich zwischen den Ritzen der Dielen verschwinden kann, wenn ich mich klein mache? Ich sollte öfter mal abtauchen ...

Hemmes verliert die Geduld: «Genug, ich mache das für dich! Du kannst dein Handy nach dem Abendessen bei mir abholen.» Er reißt Marcel das iPhone aus der Hand. «Jetzt ab auf die Zimmer mit euch – und zwar alle!»

Schritte. Sie entfernen sich. Tapp, tapp. Dann bleiben sie wieder stehen.

«Und du – bist du stolz auf dich?» Noch mal Hemmes. «Du warst es doch, der die anderen hierhergeführt hat, nachdem du Mathias bei seiner überaus passionierten Handarbeit entdeckt hattest, oder?»

+forward

Freie Jagd. viper_666 streift durch die Gänge. Er sucht sich seine Ziele jetzt selbst. Die Mündung der Glock zuckt von Ecke zu Ecke. Je nachdem, wo ich gerade hinsehe.

+left

Endlich: ein Junge! Ich finde ihn vor dem Musikraum. Er steht einfach nur da. Selbst als viper_666 auf ihn anlegt, macht er keine Anstalten, sich zu verpissen. Bots!

+left

Zweiter Stock, erster Stock, Erdeschoss: Ich war einfach überall. viper_666 hat für mich in jede Ecke gespäht. Jeden Schrank geöffnet, hinter jede Tür gesehen. Nichts!

+forward

viper_666 läuft die Kellertreppe herunter. Trotz seiner Kondition geht mein Atem immer schwerer. Die außergewöhnlich lange Round-Time von nahezu einer Stunde kostet Energie.

+forward

[Mission 4 completed, viper_666.]

Marcel ist seinen Verletzungen erlegen.

+right

Ein Schuhabdruck. Direkt vor dem Heizungskeller. Das Profil schimmert noch feucht. Da ist jemand durch eine Blutlache gelatscht. Davon gibt es heute jede Menge.

+forward

Ich lege mein Ohr an die schwere Metalltür. Gedämpfte Stimmen. Hey, ich habe auch Lust auf ein wenig Konservation! Fünf Jahre lang habe ich die Fresse gehalten. Heute rede ich! viper_666 schießt das Schloss auf, selbst er braucht drei Kugeln dazu – und ich betrete das Paradies.

Die schwarze Gestalt strafft die Schultern. Das lässt sie noch größer aussehen. Ich starre in die Dunkelheit. Die Stimme, die antwortet, ist frei von jedem Gefühl, und ich erkenne sie sofort. «Ja, ich habe sie alle hergebracht.»

«Du hast Mathias dieser erniedrigenden Situation ausgesetzt, nur um vor deinen Klassenkameraden einen zu reißen?», explodiert Hemmes.

«Natürlich nicht, dafür habe ich einen triftigen Grund.»

Die Worte kommen mit unerschütterlicher Ruhe.

«Na, da bin ich aber mal gespannt!»

Stille legt sich über den Vorhof. Aus einem der Mädchenzimmer dringt gedämpftes Gekicher. Eine Tür knallt. Irgendwo schimpft ein Vogel. Als die schwarze Gestalt antwortet, spricht sie vor allem zu sich selbst.

«Du spürst das Leben nur in einem einzigen Augenblick. Wenn du kämpfen musst. So wie du noch nie zuvor gekämpft hast! Weil alles auf dem Spiel steht – deine Ehre, dein Ruf, deine Selbstachtung.»

Ich weiß, dass die schwarze Gestalt keine Miene verzieht. Aber ich höre ein fettes Grinsen heraus, als sie sagt: «Cleverer ist es natürlich, aus sicherer Distanz zu beobachten, wie einer gegen seine Vernichtung anstürmt.»

Während sich die anderen näher um Hemmes' Gegenüber scharen, tritt der Lehrer einen Schritt nach hinten. Abscheu zeichnet sich auf seinem Gesicht ab.

«Ich verstehe. Du wolltest also auch deine Freunde in den mehr als fragwürdigen Genuss kommen lassen, sich an Mathias verzweifeltem Kampf um seine Würde zu ergötzen?»

«Sie kapieren gar nichts, Herr Superpädagoge. Die anderen sind mir scheißegal. Sollen sie doch selbst um ihr erbärmliches Leben kämpfen – ich würde mit Freude dabei zugucken!»

Jetzt weichen auch Marcel, Jennifer, Laura und Yannick zurück. Die schwarze Gestalt fährt fort: «Mein Ziel war es allein, Mathias Demütigung zu erhöhen. Mehr Zuschauer, mehr Qual. Damit es für MICH noch spannender wird!»

Na, habe ich dir eine gute Performance geboten, Patrick?

56 MINUTEN, 12 SEKUNDEN.

Treffersitz Stirn: Der Kopf des Jungen, der am nächsten zur Tür steht, fliegt zurück.

+fire

Ein Mädchen geht zu Boden.

+fire

Und gleich noch eines.

+fire

Jeder Schuss trifft. Sie stehen so zusammengedrängt, dass viper_666 nicht mal zielen muss.

+fire

Ein Schmerzenschrei. Hey, die Stimme kenne ich doch: Das ist Anna!

+fire

Könnte Papa mich bloß sehen! Auch wenn es nicht das Blut eines unschuldigen Dackels ist, das an Decke und Wände spritzt.

+fire

Das Gebrüll hat aufgehört: Das war Anna.

+fire

Ob die Scharfschützen schon durch die Flure stürmen? Sie dürfen sich auf keinen Fall in Stellung bringen, bevor diese Schlacht hier – meine letzte – geschlagen ist.

+fire

Frisches Blut und altes Heizöl – was für ein Geruch! Ich presse so viel ich kann davon in meine Lunge. Denn es wird das Letzte sein, was ich in meinem Leben rieche.

+fire

Ich habe gelogen, ==headshot==. Was deinen Verrat betrifft,

du weißt schon. Keinen Moment lang habe ich dir vergeben. Meine Wut hat sich sogar gesteigert. Von Tag zu Tag.

+fire

Panik. Sie drängen nach hinten. Ein Junge stolpert, sie trampeln einfach über ihn hinweg. Regungslos bleibt er liegen. viper_666, ganz Profi, setzt ihm trotzdem eine Kugel in den Schädel.

+fire

Ein SEAL steckt sich die Grenzen selbst. Deine Worte, ==headshot==. Aber es gibt eine Regel, die für jeden von uns gilt: Die Kameraden sind wichtiger als das eigene Leben!

+fire

Ein Hüne bricht durch die Menge: Kessler, der Hausmeister. Er also hat sie hierher gebracht. In sein Kellereich. Verstecken wollte er sie. Vor mir! Damit hat er sie in den sicheren Tod geführt.

+fire

Kessler stürzt auf mich zu. In seiner Hand: ein gewaltiger Hammer!

Die Reihen vor ihm teilen sich. Machen Platz für ihre letzte Chance. Mit aller Kraft holt Kessler aus.

+fire

viper_666 bleibt ganz ruhig stehen. Gut, der Mann! Jede noch so kleine Bewegung beeinflusst das Trefferbild. viper_666 ist hochkonzentriert.

+fire

Ein Hammerschlag zerteilt die Luft vor mir. Der wuchtige Hieb zischt knapp an meiner Schläfe vorbei.

+fire

Der Hammer poltert zu Boden. Dicht gefolgt von Kessler.

+fire

Na, los: Komm schon raus, ==headshot==! Wo steckst du?

Klick.

Hoppla, war das etwa schon wieder ein Magazin?

+reload

Hat da draußen ein Hund gebellt? Hm, jetzt ist alles still. Aber ich habe es deutlich gehört. Ben, guter Junge – bei Fuß!

+forward

Neues Magazin, neues Ziel: Als viper_666 wieder in Schussposition geht, stehe ich vor einem Engel.

00:57:00

Das Flammenschwert in der Hand – Gottes beste Engel bewachen das Paradies. Speziell für diese Aufgabe abgestellt, verwehren sie dem Menschen die Rückkehr.

Ich habe Religion früh abgewählt. Trotzdem hat sich mir diese Geschichte eingeprägt.

Denn ich war es, den du nicht reingelassen hast, Engel!

Vor der Klassenfahrt durfte ich zumindest über den Zaun spähen. Mich auf die Zehenspitzen stellen und davon träumen, dass die Pforten eines Tages doch noch aufgehen. Aber seit *Der Super-Wichser* im Internet neue Zugriffsrekorde aufstellt, habe ich Hausverbot. Auf Lebenszeit.

Der Engel neigt den Kopf. Er wirkt nicht wie ein eiskalter Erfüllungsgehilfe. Im Gegenteil. In seinen Augen leuchtet unendliche Gnade.

«Du hast es also herausgefunden?»

Sanft moduliert, treiben die Worte durch den Heizungskeller. Himmlische Klänge. Ich verliere mich in melodiösen Schwingungen.

«Willst du wissen, warum ich es getan habe?»

Der Engel hat Blutspritzer im Gesicht. Sternenstaub. Mich erfüllt ein Gefühl nie gekannter Liebe.

«Es war *deine* Schuld, dass Marcel nicht zur Party durfte! Wusstest du, dass er mich wie kein Zweiter zum Lachen bringt?»

Der Engel schwebt auf mich zu.

«An diesem Abend wollte ich mit ihm schlafen. Zum ersten Mal. Aber du hast das zerstört. Mit ein paar schnellen Handbewegungen. Deshalb habe ich das Scheißvideo bei YouTube reingesetzt!»

Jetzt laufen Tränen über die Wangen des Engels. Der Sternenstaub verwischt. Sieht beschissen aus.

«Du kleiner Wichser!»

Alle wollen sie haben. Laura. Keiner hatte sie. Warum sie so begehrt ist?

Weil sie Wärme in das von Kälte bestimmte Miteinander bringt. Selbst die Coolsten der Coolen tauen in ihrer Gegenwart merklich auf. Wenigstens um ein paar Grad.

Laura überstrahlt 90-60-90-Zombies wie Jennifer oder Nadine. Mit selbstloser Aufrichtigkeit und entwaffnender Authentizität. Setzt der üblichen inszenierten Oberflächlichkeit menschliche Tiefe entgegen. Wo sich sonst Ignoranz und Eigensucht mit perfekt gebräunten Ellenbogen ihren Weg bahnen, lebt Laura echte Werte.

Ich habe das sofort gespürt. Ein lässiger Style, XXL-Muskeln oder lockere Sprüche – damit punktest du bei Laura nicht. Denn sie blickt hinter die Fassade. Laura erspürt den schlanken Geist unter Schichten von Fett. Erkennt die Reinheit hinter meinen Pickeln.

Sie gilt als unerreichbar. Aber das stimmt nicht. Laura wartet bloß darauf, dass der Richtige kommt. So lange schon. Heute greife ich, Mathias Wesseling, nach den Sternen!

Warum ausgerechnet ich – fett, einsilbig, unbeliebt – bei so einem Göttergeschöpf Erfolg haben sollte? Ganz einfach: Auf eine schräge Art sind wir uns ähnlich. Uns verbindet, dass wir außerhalb stehen. Vereint in der Sehnsucht nach Substanz. Wir sind füreinander bestimmt. Zwei einsame Seelen auf der Suche nach einander.

Wenn ich Laura auf der Party küsse, wird sie das begreifen.

57 MINUTEN, 21 SEKUNDEN.

Engel können fallen. Tief, schnell, unaufhaltsam. Dann erlischt der göttliche Funke – und sie werden sterblich. Genau das ist soeben geschehen. Spontan füge ich meiner Abschussliste einen sechsten Eintrag hinzu.

Hemmes wollte Marcel vor meiner Rache schützen. Deshalb hat er mir den Namen des Engels verraten. Natürlich hatte er nicht damit gerechnet, dass sich dieser krank zur Schule schleppen würde. Aber heute war eine Englisch-Klausur geplant. Wenn der Engel nicht gekommen wäre, hätte er die nachschreiben müssen. Das riskiert beim Witte – der Teufel möge seiner Seele ungnädig sein – niemand. Ohne es zu wissen, hat Hemmes das Todesurteil des Engels unterzeichnet.

Was für eine Geburtstagsüberraschung!

viper_666 zielt auf das Brustbein. Direkt dahinter schlägt das Herz. Der Engel hat meines zerstört. Jetzt bin ich dran. Na, los – schieß schon! viper_666 lässt die Glock sinken.

Trotz allem, was sie mir angetan hat: Ich kann Laura nicht töten.

==headshot==. Die schussbereite Glock in der linken Hand. In der rechten: eine Schachtel mit Munition. 9 x 19 Millimeter, konische Hülsen, randlos. Die hat er von mir.

«Du kannst dir vermutlich denken, was ich damit vorhabe.»

Patronen brauchen ein Ziel. Genauso wie ein Mensch. Im Idealfall lassen sich beide verbinden. Ich habe das geschafft. Und ==headshot== wohl auch.

Ich habe es gespürt. Die ganze Zeit schon. Natürlich kenne ich seine Absicht. Nur ein Irrer kann einen Irren verstehen.

«Du machst das, was ich nächste Woche selbst getan hätte.»

==headshot== geht zur Tür. Ohne sich noch einmal umzudrehen, sagt er: «Ein paar Gesichter auskratzen? Na, dann bleibst du morgen wohl besser zu Hause, Wesseling!»

Niemals! Mein Arm schießt vor. Die Faust fliegt auf, und alle Finger krallen sich in den Ärmel von ==headshots== Jacke. Das hat sich noch nie einer getraut.

«Du hast die Waffe, du hast die Munition. Aber das Wichtigste fehlt dir noch ...»

Das erste Mal, seit ==headshot== gekommen ist, um sich die erpressten Patronen aushändigen zu lassen, nimmt er mich wirklich wahr.

«Was könnte das schon sein?»

Darauf gibt es nur eine Antwort: «Ich.»

57 MINUTEN, 31 SEKUNDEN.

Runter mit der Maske. Nur kurz, versprochen. Durchatmen. Puh, das tut gut! Ich wische mir den Schweiß von der Stirn. Woher wusste Frau Nolte eigentlich, dass ich es bin, der hinter der Maske steckt? Auf dem Boden liegen Leichen.

Einige. Viele. Genug.

Mit einem Mal fühle ich mich müde. Meine Kampfstiefel kleben am Boden fest. Werden schwerer und schwerer. Jeder Schritt kostet unvorstellbar viel Kraft. Ein unsichtbares Gewicht legt sich auf meine Schultern. Drückt mich nieder. Ich sollte es gut sein lassen. Mich ausruhen. Maximal ausgerüstet, wiegt die Glock vielleicht ein Kilo. Für mich ist das jetzt zu viel. Polternd fällt die Pistole zu Boden.

Soll Laura glücklich werden, mit wem auch immer. Das wünsche ich ihr.

Ich jedenfalls bin raus aus dem Spiel.

LEVITATION

Das Erste, was ich wieder wahrnehme, ist die Kellerdecke. Sie dreht sich über meinem Kopf. Folglich liege ich auf dem Rücken. Alles, was ich sehe, ist in leuchtendes Rot getaucht. Nur langsam wird mein Blick klarer.

Ich habe den Schuss nicht gehört. Keine Ahnung, von wo er gekommen ist.

Ich drehe den Kopf.

Neben mir stirbt Laura. Ihr blondes Engelshaar ist blutgetränkt. Der Schuss, der mich getroffen hat, hat sie gleich mit niedergestreckt.

Es gibt nur eine Waffe, die dazu in der Lage ist …

Und da begreife ich. Schlagartig. Vor meinem inneren Auge sehe ich, wie ==headshot== eine Rauchgranate wirft und, verhüllt von dichtem Nebel, auf mich schießt. Hier laufen keine Bullen rum. Es hat nie welche gegeben.

Ein anderes Bild drängt sich in meinen Kopf. Ich sehe mich selbst, wie ich, einen Schulranzen auf dem Rücken, die Treppe hochstürme. Was freue ich mich auf Ben! Ich finde ihn im Bad – zusammen mit Papa. Aufgepeitschtes Wasser. Bläschen steigen hoch. Bis das Wasser wieder ruht.

«Ich habe es für deine Mutter getan … Sie will doch unbedingt in dieses neue Haus mit Garten. Haustiere sind dort unerwünscht.»

Neues Bild. ==headshot== wechselt auf die SWM. Während ich mich mit einer kleinen Selbstladepistole in der Hand unbesiegbar fühle, lädt er die überlegene Distanzwaffe durch. Gibt einen Testschuss ab.

Schnitt. ==headshot== im Heizungskeller, gut versteckt in einer dunkeln Ecke. Er wartet auf mich. Ein Camper bei der Verrichtung seines feigen Werks.

Ich weiß, warum *ich* ==headshot== auf die Abschussliste gesetzt habe, meine Nummer fünf. Aber warum nur will *er* mich töten?

«Du willst dich endlich lebendig fühlen! Brennst darauf, in die Augen deiner Opfer zu starren. Exakt in dem Moment, wenn sie begreifen, dass sie krepieren werden.» Ich halte ==headshots== Blick stand. «Aber selbst aus dem Leben scheiden, mit einem lauten Knall? Das ist nicht dein Ding, du krankes Stück Scheiße!»

Das Wunder passiert: In den starren Gesichtszügen regt sich was. Kurz glaube ich, ein Knirschen zu hören. So wie bei einem Getriebe, das den falschen Gang reingehauen bekommt. Über die Jahre eingerostet, kommt auf einmal Bewegung in die Zahnräder von ==headshots== Mimik. Das Ergebnis: ein strahlendes Grinsen. Es ist gruselig.

«Du irrst dich, Wesseling. Das wird die Show meines Lebens. Dafür umarme ich den Tod mit offenen Armen!»

«Wirf dich lieber mir an die Brust. Denn ich biete dir die Chance, dich fast eine ganze Stunde lang an deinem Blutrausch aufzugeilen – und trotzdem mit dem Leben davon zu kommen.»

«Tja, war nett, sich mir dir unterhalten zu haben. Ich wusste übrigens gar nicht, dass du sprechen kannst. Aber jetzt muss ich los, ein paar Schießübungen absolvieren ...»

==headshot== setzt sich wieder in Bewegung. Ich habe nichts mehr zu verlieren. Aber alles zu gewinnen. Verzweifelt werfe ich mein letztes Material in die Schlacht. «Und das Beste: Du wirst sogar als Held gefeiert!»

==headshot== bleibt stehen.

57 MINUTEN, 41 SEKUNDEN.

Weitere Momentaufnahmen. Sie jagen durch mein Hirn, legen sich immer schneller übereinander. Schleswig. Laura steht vor meinem Fenster. Sie kramt in ihrer Handtasche. Aber nicht etwa aus Verlegenheit. Sondern um die Bluetooth-Funktion ihres Handys zu aktivieren. Schnitt. Marcel fingert an seinem iPhone herum. Doch statt das Video zu löschen, schickt er es Laura. Direkt unter Hemmes' wachsamen Augen. Nur einen Tag später kennt es die Schule, eine Woche später das Land.

∗hab's satt, dich durchzuziehen! ständig klebst du an mir, verrätst damit meine position. und wer muss dich dann raushauen, wenn du mal wieder ins kreuzfeuer stolperst? natürlich ich!∗

==headshots== Stimme. Ich höre sie nur noch ganz schwach.

∗wegen dir ist meine frag-statistik total im arsch!∗

Meine Lippen formen sich zu einer Antwort, versagen aber auf halber Strecke.

∗22 frags in 57 minuten – weißt du, was das heißt?∗

Ja. Das bedeutet, dass du die ganze Zeit unsere Abschussquoten verglichen hast. Als du die besseren Zahlen hattest, hast du mich ins Visier genommen. Verräter!

«Ich soll DICH erschießen?»

Erstaunen. Fassungslosigkeit. Belustigung. ==headshots== Gesicht wechselt jetzt so schnell seinen Ausdruck wie ein Pantomime auf Speed.

«Erst mal bin ich dran. Vier Leute mache ich platt», sage ich und meine fünf. ==headshot== eingerechnet. «Danach, frühestens aber nach 57 Minuten, feuerst du mir in die Brust.»

«Warum nicht in den Kopf?»

Heady kann einfach nicht aus seiner Haut. Ich deute auf die Glock.

«Weil es so aussehen soll, als ob du mir eine Pistole abgejagt und mich damit in Notwehr getötet hast. Einen Kopftreffer würde dir als ungeübter Schütze keiner abnehmen.»

«Und dann wische ich meine Fingerabdrücke von der Knarre und drücke sie dir in die Hand?»

Ich habe ihn! ==headshot== hat Blut geleckt. Sprichwörtlich.

«Genau. Damit es wirkt, als hätte ich zwei Waffen am Start gehabt – und alle getötet, die in Wirklichkeit du erschossen hast.»

Einen Moment lang sagt keiner was. Jeder genießt die eigenen Bilder in seinem Kopf. Dann fragt ==headshot==: «Warum ausgerechnet nach 57 Minuten?»

Diese Frage ist einfach zu beantworten.

«Weil es so lange dauert, bis das Sondereinsatzkommando der Polizei auf der Matte steht. Und bis dahin würde ich die verbleibende Zeit gern nutzen ...»

==headshot== nickt. Das versteht er. All die vielen Frags!

«Hey, weißt du, was mir an deinem Plan besonders gut gefällt, Wesseling? Wir klären gleichzeitig, wer von uns beiden wirklich der Bessere ist!»

Jetzt müssen wir ==headshot== wieder bewaffnen. Denn die Glock ist plötzlich in meiner Hand.

57 MINUTEN, 50 SEKUNDEN.

Noch ein Bild. Mein Vater. Windet sich schreiend in seinem Blut. Als er mich – die verschmierte Klinge noch in der Hand – erkennt, verstummt er. Für immer. Sein eigener Bruder hat mir gezeigt, wie das taktische Einsatzmesser zu handhaben ist. Ich habe schnell gelernt.

Michael hätte es wissen müssen: Ein guter Schüler übertrifft seinen Lehrer irgendwann.

Einmal in seinem Leben hat Papa Mut bewiesen. Er wollte mich, den verlorenen Sohn, zurückgewinnen. Darauf bin ich stolz. ==headshot== hat ihm am Telefon verraten, dass in meiner Schublade etwas Scharfes versteckt ist. Und damit meinte er keine verklebten Zeitschriften mit langbeinigen Miezen ... Was Papa dort unter den Socken entdeckt hat? Das Ersatzmagazin, den Operationsplan, die Wahrheit. Deshalb ist er sofort zu Michaels Wohnung gerast. Um mich aufzuhalten.

Wir trafen am Schreibtisch aufeinander. Vor dem Waffenschrank. Das hat ihn das Leben gekostet. Vergessen wir die Sache mit Ben, Papa. Du hast dir meinen Respekt zurückerobert!

∗ab heute stehe ich wieder über dir, viper! du bist die längste zeit clan-leader gewesen!∗

Die Worte erreichen mich. Aber ich erfasse ihren Sinn nicht mehr. Mann, ich krepiere – was erwartet er?

Mein Geist scheint sich vom Körper zu lösen. Ich erhebe mich über mich. Von oben blicke ich herab auf meine leblose Hülle. Sehe die zerfetzte Brust, ein guter Treffer.

An meiner Seite liegt Laura in ihren letzten Atemzügen. Sie ist schöner denn je. Trotz der zertrümmerten Schädelplatte. Langsam schwebe ich davon.

Levitation.

TIME OVER

Great Game. *gg.* Ich lasse die Maus los. Schneller Blick auf die Uhr. Fuck, fast eine ganze Stunde lang gezockt – ich muss mich beeilen! Da, der Rucksack. Fertig gepackt auf meinem Bett. Viel ist es nicht, was ich mitnehme.

Zeit, zur Schule zu gehen.

Nachwort des Autors

Im Kopf des Killers

Einen Amoklauf aus der Perspektive des Täters zu schildern – das provoziert. Vordergründig betrachtet, weil hier der Leser mit beispielloser Brutalität konfrontiert wird, der kein didaktischer Zeigefinger folgt. Im Gegenteil. Wer mit den Augen der fiktiven Hauptfigur von *Kopfschuss* über den Pistolenlauf späht, verfällt – von mir als Autor so angelegt – Mathias' Spannung, seinem Getriebenwerden, seinem Blutrausch.

Der wahre Grund für unsere Brüskierung sitzt indes tiefer: Wir erleben hautnah, wie schmal der Grat zwischen Kränkung und Aggression, Demütigung und Vergeltung ist. Wie schnell der Mensch kippen kann. Gewalt erzeugt Gegengewalt. Zunächst nur im Kopf. Konflikte und Isolation gehen Hand in Hand mit schwelenden Rachefantasien. Zum Glück werden solche Entwicklungen fast immer kompensiert – insbesondere durch Gespräche.

Deshalb kommt vor allem dem persönlichen Umfeld, also Freunden und Familie, eine derart enorme Bedeutung zu. Damit fixe Ideen nicht über die Kopfwelt hinauswachsen und im extremen Ausnahmefall als Massaker enden. Tödliches

Potenzial, das im Prinzip jeder von uns in sich trägt. Und das sich bei entsprechender Veranlagung unter speziellen Voraussetzungen unkontrolliert und verheerend entfalten kann. Ein verstörender Gedanke.

Und die so genannten Killer-Games? Nun, wer über sozialen Halt, echte Werte und eine gefestigte Persönlichkeit verfügt, wird auch durch digitale Gewaltexzesse bestimmter Computerspiele nicht zum Mörder werden. Bei einem psychisch und sozial entwurzelten Menschen jedoch können sie eine latente Gewaltbereitschaft zusätzlich befeuern.

So wie in diesem Roman. Der Außenseiter Mathias erfährt nur online über sein Bildschirm-Ich die ersehnte Wertschätzung. Temporäre Triumphe. Ausgekostet, bis Wirklichkeit und Vorstellung verschmelzen – und er als viper_666 über die Flure stürmt. Oder jagt er bloß durch seine Gedanken? Vielleicht bleibt das Ganze auf seine grausame Fantasie beschränkt. Vielleicht aber wird Mathias zum vielfachen Mörder. Fest steht nur eines: Mathias ist nicht durch und durch schlecht.

Denn jeder Täter ist gleichzeitig Opfer. Das soll weder eine Entschuldigung sein noch der Versuch einer Erklärung. Sondern vielmehr die Bitte an jeden von uns, achtsam zu sein, die Tür stets einen Spalt offen zu halten. Für jene Außenseiter, die mit gesenktem Blick über den Pausenhof schleichen oder streitsüchtig durchs Leben rempeln. Selbst das größte Arschloch verdient ein Minimum an Respekt.

Das alles ist nur schwer zu verstehen, so wie überhaupt das entsetzliche Phänomen Amoklauf uns fassungslos zurücklässt. Und in tiefer Trauer für jedes einzelne Opfer in Erfurt, Winnenden oder sonst wo auf der Welt.

ANTI-POP

VOGELSTIMMEN
DIRK BERNEMANN

HC, 12 x 18 cm, 288 S.
erschienen Sep. 2010
ISBN: 978-3-86608-135-2
14,95 Euro [D]
15,40 Euro [A]

«Ein schöner und reifer Roman» **the-spine.de**
«Ein erneutes Wunderwerk der Sprachmagie» **literatopia.de**

ANTI-POP

ICH BIN SCHIZOPHREN UND ES GEHT MIR ...
DIRK BERNEMANN

TB, 12 x 18 cm, 224 S.
zweite Auflage verfügbar
ISBN: 978-3-86608-107-9
9,95 Euro [D]
10,30 Euro [A]

«Bernemann ist einer der aufstrebenden Heroen der Befindlichkeitsliteratur von exzessiver Selbstbeobachtung bei maximaler Selbstironie» **Main-Spitze**

ANTI-POP

ICH HAB DIE UNSCHULD KOTZEN SEHEN
DIRK BERNEMANN

TB, 12 x 18 cm, 128 S.
siebte Auflage verfügbar
ISBN: 978-3-937536-59-0
9,95 Euro [D]
10,30 Euro [A]

«Faszinierend, eine interessante Gesellschaftsstudie ... Das Buch lässt niemanden unberührt. Garantiert!» **Schwäbische Zeitung**

ANTI-POP

UND WIR SCHEITERN IMMER SCHÖNER
DIRK BERNEMANN

TB, 12 x 18 cm, 128 S.
dritte Auflage verfügbar
ISBN: 978-3-86608-054-6
4,95 Euro [D]
5,10 Euro [A]

«Eine lesenswerte, literarische Analyse der Krankheit des modernen Menschen – bei der aber auch ein Funken Hoffnung durchschimmert.» **Virus**

ANTI-POP

EMBER FURY
CATHY BRETT

TB, 12 x 18 cm, 272 S.
erschienen Okt. 2010
ISBN: 978-3-86608-147-5
9,95 Euro [D]
10,30 Euro [A]

«Ein Teenagerportrait voller Frustration, Hilflosigkeit und Wut.» **Orkus**
«Cool? Nein, sehr cool!» **Gothic Magazine**

ANTI-POP

SEELENFICKER
NATASCHA

TB, 12 x 18 cm, 128 S.
vierte Auflage verfügbar
ISBN: 978-3-86608-068-3
9,95 Euro [D]
10,30 Euro [A]

«Heftig, aber poetisch und toll geschrieben - ein ganz wichtiges Buch.» **Syker Zeitung**
«Das Buch ist knallhart. Und hervorragend bearbeitet» **Punkrock**

ANTI-POP

SEXSHOP
CHRISTOPH STRASSER

TB, 12 x 18 cm, 288 S.
erschienen Okt. 2010
ISBN: 978-3-86608-138-3
9,95 Euro [D]
10,30 Euro [A]

«Von Anfang bis Ende einfach nur genial! Morbid, sarkastisch, derbe und dreckig, also kurz: wie im echten Leben!» **Orkus**

ANTI-POP

PORNOSTERN
CHRISTOPH STRASSER

TB, 12 x 18 cm, 270 S.
erschienen Feb. 2009
ISBN: 978-3-86608-104-8
9,95 Euro [D]
10,30 Euro [A]

«Mit viel Witz und literarischem Geschick [...] Absolut lesenswert!» **Wildwechsel**
«Ein echtes Trash-Juwel, die Tragikomödie 2009!» **Kinkats**

ANTI-POP

ICH TRAG EIN MASSENGRAB IM HERZEN
TOBY FUHRMANN

TB, 12 x 18 cm, 148 S.
zweite Auflage verfügbar
ISBN: 978-3-86608-128-4
9,95 Euro [D]
10,30 Euro [A]

«Voller Widersprüche, aber das macht den Roman so spannend. Voller Überraschungen, zum Nachdenken, Lachen und Wundern!» **Allgemeine Zeitung Coesfeld**

ANTI-POP

KLEINSTADTSCHLAMPE
MIRJAM DREER

TB, 12 x 18 cm, 192 S.
zweite Auflage verfügbar
ISBN: 978-3-86608-124-8
9,95 Euro [D]
10,30 Euro [A]

«Spritzig und frisch!» **Abendzeitung**
«Eine aufrichtige Momentaufnahme des Hier und Jetzt. Ein gutes Debüt.» **lies-und-lausch.de**

ANTI-POP

ESTABLISHMENSCH
ANDY STRAUSS

TB, 12 x 18 cm, 160 S.
zweite Auflage verfügbar
ISBN: 978-3-86608-120-8
9,95 Euro [D]
10,30 Euro [A]

«Andy Strauß beherrscht den Umgang mit Worten nicht einfach nur, sondern schafft es, daraus sprachliche Kunstwerke zu erschaffen.» **Ruhr Nachrichten**

ANTI-POP

ALBTRÄUMER
ANDY STRAUSS

TB, 12 x 18 cm, 176 S.
erschienen Nov. 2010
ISBN: 978-3-86608-137-6
9,95 Euro [D]
10,30 Euro [A]

«Strauß schwingt sich wie Tarzan mittels wagemutigen Sprachgebrauchs von Zeile zu Zeile und bringt jede Menge schwarzen Humor unters Volk.» **nahaufnahmen.ch**